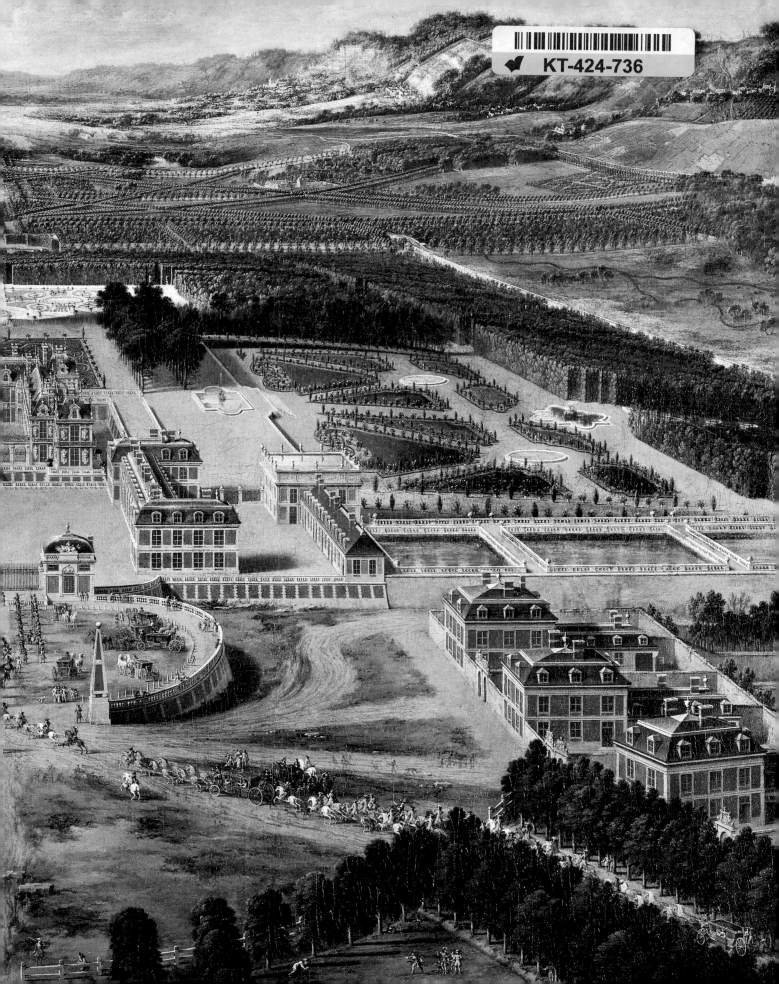

Éditeurs
pour le musée du Louvre : Violaine Bouvet-Lanselle,
direction du Développement culturel
pour Hachette : Sandra Berthe
Auteur : Charles Delaville
Illustrateur : Emmanuelle Étienne
Mise en page : François Lemaire
Nous remercions de leur collaboration :
Julie Delaere, Chrystel Martin, Virginie Vassart-Cugini

ISBN du Louvre : 2-35031-021-3

ISBN : 2-012920-05-5
Imprimé et relié en Italie par De Agostini
Dépôt légal : 58240 - juin 2005 - Édition 01
EAN : 978.201292005/7/01
Loi n° 49-956 du 16 juillet 1949 sur les publications destinées à la jeunesse

Louis XIV

Auteur : Charles Delaville
Illustrateur : Emmanuelle Étienne

Sous le règne
du Roi-Soleil

Sommaire

L'enfant du miracle

Longtemps attendu par ses parents, le petit Louis a une enfance brève et solitaire. Il succède à son père à l'âge de quatre ans. Il sera vite confronté à la dure réalité de la vie de roi.

Des parents peu unis

Louis, l'enfant-roi, est vêtu à l'antique avec sa couronne de lauriers et sa cuirasse qui lui donnent l'apparence d'un jeune héros romain.

En 1615, Louis XIII épouse Anne d'Autriche, fille de Philippe III, roi d'Espagne. Durant dix-huit ans, avec son ministre Richelieu, il œuvre pour la grandeur de la France. Grand chasseur, il aime aussi la musique, en compose lui-même et écrit des ballets. La reine est l'amie du luxe et des divertissements de cour. Louis est d'un caractère ombrageux, jaloux de ses prérogatives royales. L'entente n'est pas bonne entre les époux et le roi soupçonne sans cesse la reine de fomenter des complots avec sa famille espagnole à laquelle elle est restée très attachée. Une seule chose les rapproche : une foi ardente. En 1638, par le « vœu de Louis XIII », ils s'en remettent à la protection de la Vierge pour obtenir l'héritier qu'ils espèrent.

Louis XIII dédie à la Vierge, en retrait auprès du Christ mort, sa personne et son royaume. Il implore la mère de Dieu de lui donner un fils pour lui succéder sur le trône de France.

Un enfant donné par Dieu

Après vingt-deux ans de mariage et quelques espérances déçues, la reine donne enfin naissance, le 5 septembre 1638, à Louis Dieudonné (« présent de Dieu »), au Château Neuf de Saint-Germain-en-Laye. Son vœu de maternité exaucé, Anne d'Autriche fait édifier l'église et le couvent du Val-de-Grâce à Paris en *ex-voto*. L'enfant est né pourvu de deux dents et inflige le martyre à ses quatre ou cinq nourrices successives. Une seule, Pierrette Du Four, résiste à la douleur et va durant cinquante ans être la première à venir chaque matin embrasser le roi à son lever !

Une éducation imparfaite

L'instruction générale de Louis Dieudonné n'est pas aussi soignée que celle des jeunes aristocrates dans les collèges jésuites. Il apprend le calcul, l'histoire, parle couramment l'espagnol, mais son apprentissage du latin et du grec laisse à désirer. À la lecture, le futur roi préfère, et ce durant toute sa vie, la conversation. Pierre de La Porte, l'un de ses valets de chambre, fait naître chez lui la passion de l'histoire en lui lisant les grands textes.

Le peintre a saisi un moment de tendre complicité entre une mère et son fils, « scène intime » très inhabituelle pour un portrait officiel de la reine Anne d'Autriche et du dauphin Louis.

La charge de la nourrice de l'héritier du trône était très enviée : elle donnait accès au cercle royal, procurait de nombreux avantages matériels et contribuait à l'ascension sociale de sa propre famille.

Son éducation militaire en revanche est très poussée : équitation, exercices d'armes et autres sciences liées à l'art de la guerre. Le jeune Louis montre une grande sensibilité artistique : il adore la danse et joue volontiers de la guitare.

Les éducateurs du prince

En mars 1646, la reine nomme le cardinal Mazarin à la charge nouvelle de « surintendant au gouvernement et à la conduite du roi ». Il exercera une grande influence sur le jugement et le goût de son filleul dans le domaine artistique. Mazarin initie Louis à son métier de roi en l'associant au travail quotidien des ministres. La charge de gouverneur revient au marquis de Villeroy, davantage militaire que pédagogue. L'abbé de Beaumont, futur archevêque de Paris, devient le précepteur du jeune roi. Très tôt, Louis apprend à dissimuler sa pensée, faisant de ce trait de caractère une arme de pouvoir redoutable.

Le cardinal Mazarin, qui n'a jamais prononcé de vœux sacerdotaux, est revêtu de l'habit rouge des cardinaux, princes de l'Église. À l'arrière-plan, on aperçoit le château de Vincennes où il conservait ses splendides collections d'art.

La Régence et la Fronde

À la mort de Louis XIII, la reine et son ministre Mazarin essaient de maintenir la stabilité du royaume. Mais c'est sans compter sur le mécontentement général et les complots.

Ce magnifique buste en bronze traduit bien le caractère altier du prince de Condé, guerrier courageux mais personnage inconstant.

Le lourd héritage de Louis XIII

Louis XIII meurt le 14 mai 1643. Son fils devient roi à l'âge de quatre ans, huit mois et neuf jours. Durant la minorité du prince, sa mère, secondée par son ministre le cardinal Mazarin, gouverne la France : c'est la Régence. Ils ont la volonté de porter au plus haut la puissance de la France. Pour cela, il leur faut combattre les ambitions de la maison d'Autriche – la dynastie des Habsbourg. La France risque d'être prise en tenailles entre les Pays-Bas au nord, le Saint Empire romain germanique à l'est, et l'Espagne au sud.

Une famille royale très divisée

La victoire de Rocroi en Picardie marque les débuts de la Régence en mai 1643 : le duc d'Enghien, cousin du roi et futur prince de Condé, âgé de 22 ans, y écrase l'armée espagnole. Le royaume est ainsi mis à l'abri de l'invasion. Mais le duc d'Orléans, frère de Louis XIII, passe sa vie à monter des complots qu'il fait échouer en dénonçant ses complices, en échange d'avantages pécuniaires et honorifiques… Ses ambitions de pouvoir ont été ruinées par la naissance de Louis Dieudonné puis la régence d'Anne d'Autriche. Sa fille, la duchesse de Montpensier, la Grande Mademoiselle, prévoit d'épouser un jour son petit cousin le roi Louis…

L'orgueilleuse Mademoiselle de Montpensier, cousine germaine du roi, porte un costume « à la romaine » qui l'identifie à Minerve, déesse de la guerre. Elle montre le portrait de son père, Gaston, duc d'Orléans.

Les parlementaires se rebellent

Durant la minorité du roi, de 1648 à 1653, la noblesse et le Parlement tentent de reprendre leurs privilèges mis à mal par Richelieu. Ils utilisent et attisent le mécontentement populaire contre les charges fiscales accrues. Ces troubles prennent le nom de Fronde, un jeu d'enfant alors à la mode.

Après le 26 août 1648, « journée des Barricades », la foule parisienne retient prisonnière la Cour au Palais-Royal. La reine réussit à s'enfuir dans la nuit du 6 janvier 1649 au château de Saint-Germain-en-Laye. Elle fait assiéger Paris par l'armée de Condé. La paix de Rueil, le 1er avril 1649, rend au peuple de Paris, qui le réclame à cor et à cri, le petit roi. Elle assure l'amnistie des parlementaires frondeurs.

Les princes complotent

Le prince de Condé complote avec les « Grands »
– Conti, Turenne, Beaufort, Longueville, La Rochefoucauld et l'archevêque *coadjuteur* de Paris –
pour précipiter la chute de Mazarin. La reine fait
emprisonner Condé à Vincennes mais finit par le
libérer tout en feignant de renvoyer Mazarin.
Condé s'allie alors aux Espagnols, soulève des
provinces et marche sur Paris. L'armée royale
menée par Turenne, qui a rejoint la Cour, est bat-
tue par les coups de canon tirés depuis la Bastille
sur ordre de la Grande Mademoiselle, cousine du
roi ! Le roi et sa mère finissent par rentrer à Paris
le 21 octobre 1652. Condé est de nouveau en fuite.
Le pouvoir royal est renforcé, et les « Grands »
définitivement brisés.

Ce portrait en majesté du jeune Louis XIV
couronné par une renommée est une
représentation parfaite de propagande
monarchique.

L'armée royale
et celle des princes
s'affrontent dans les
fossés de l'enceinte de
Paris avec, à l'arrière-
plan, la forteresse
de la Bastille.

Coadjuteur :
**auxiliaire appelé à
prendre la succession.**

Un monarque tout-puissant

Louis est proclamé majeur le 7 septembre 1651, à l'âge de 14 ans. Durant le plus long règne de l'histoire de France, de 1661 à 1715, Louis XIV va établir et renforcer la monarchie absolue.

Le jeune Louis XIV est un modèle d'élégance pour les cours d'Europe. Rien n'est jamais trop beau pour le roi qui s'apparente à une idole : chapeau à plumes et perruque, tissus précieux, broderies, dentelles et nœuds.

Guillaume de Lamoignon, marquis de Basville, est un illustre représentant de la noblesse de robe : il porte l'habit de soie rouge et d'hermine de Premier président au parlement de Paris.

« L'État c'est moi »

Louis XIV manifeste sa volonté d'indépendance dès le lendemain de la mort de Mazarin, le 9 mars 1661. Il déclare à 23 ans au chancelier, aux ministres et aux secrétaires d'État : « Il est temps que je gouverne moi-même. » Louis a déjà visité une vingtaine de provinces de son royaume. Il se rend en Bretagne en 1661, puis découvre les provinces conquises : Artois (1662), Comté (1668), Hainaut (1677), Alsace (1681). La France est alors le pays le plus peuplé d'Europe avec environ 20 millions d'habitants.

Le roi renforce son autorité

L'action du roi est théoriquement limitée par les parlements et les états généraux, dits « corps constitués ». Le parlement de Paris, installé dans le palais de la Cité, ancienne résidence royale, est le gardien de la loi. La noblesse de robe (les magistrats et les bourgeois anoblis par leurs fonctions) exerce un « droit de remontrance » et d' « enregistrement » des édits royaux. À partir de 1673, Louis XIV leur interdit de présenter des remontrances avant l'enregistrement des édits et des ordonnances.

Un roi méfiant et orgueilleux

Le château de Vaux-le-Vicomte est un chef-d'œuvre de l'art français : sa splendeur va causer la perte du surintendant Fouquet et inspirer Louis XIV pour Versailles où il fait travailler les mêmes artistes.

Nicolas Fouquet, marquis de Belle-Isle, devient surintendant général des Finances en 1653. Homme efficace, il réussit malgré la situation financière catastrophique laissée par la Fronde à faire face aux dépenses de l'État. Il se fait bâtir un magnifique château à Vaux-le-Vicomte et y donne une somptueuse fête en l'honneur de son souverain. Mais l'incroyable opulence de Fouquet et son attitude désinvolte exaspèrent le roi. Il est arrêté peu de temps après et accusé de détournements d'argent. Il échappe à la condamnation à mort mais restera à vie en prison. Louis XIV se sert de son cas comme exemple pour refréner les envies d'indépendance et l'enrichissement malhonnête des hauts commis de l'État.

Une administration mise en vente

L'État, pour renflouer ses caisses, vend des charges permettant d'exercer des « offices », correspondant à des métiers. Pour 150 hauts fonctionnaires nommés d'autorité par le roi, on dénombre environ 45 000 personnes titulaires d'une charge. Les offices sont parfois à la limite du ridicule, leur titre ronflant ne recouvrant qu'une fonction très banale. Ainsi un juré cordeur cache un simple fabricant de chandelles. Le ministre Pontchartrain aurait dit à Louis XIV : « Chaque fois que Votre Majesté crée un office, Dieu crée un sot pour l'acheter. »

Cette gravure extraite d'un almanach montre Louis XIV entouré de sa cour en train de distribuer des dignités de l'Église et des charges de l'État à ceux dont il veut ainsi récompenser le mérite.

La modernisation de l'État

Les ministres et conseillers du roi, dévoués et compétents, vont l'aider à mettre sur pied une administration moderne au service d'un État centralisateur.

Un État structuré en conseils

La réalité du pouvoir est exercée sous le contrôle du roi par le Conseil d'En-Haut. D'autres conseils, aidés par des bureaux et commissions, gèrent chacun leur domaine : conseils des Finances, des Parties ou Conseil d'État, des Dépêches qui centralise les rapports des intendants et joue le rôle de tribunal administratif ; conseil de Conscience enfin pour désigner les titulaires des plus hautes charges ecclésiastiques. La plupart des titulaires sont issus de la noblesse de robe, voire de la bourgeoisie, et non plus des seuls princes et de la noblesse d'épée. Louis XIV consacre au moins huit heures chaque jour aux seules affaires du royaume, déclarant sur son lit de mort : « Je m'en vais, Messieurs, mais l'État demeurera toujours ! »

Autographe de Louis XIV. Un nombre restreint de secrétaires avait le droit de reproduire sa signature sur certains documents officiels ou de correspondance.

Dans le salon du Conseil au noble décor, la figure majestueuse du roi domine l'assemblée de noir vêtue des conseillers d'État et des membres de la Cour d'appel.

Colbert consacre sa vie durant toute sa ruse et sa puissance de travail à doter la France d'une administration structurée et d'une puissante armée au service du roi.

L'administration fiscale du royaume est réputée pour son efficacité et son insatiable appétit : ici, le paiement de la capitation, redevable par tous, doit aider à l'effort de guerre au tout début du XVIIIe siècle.

Louvois mène tambour battant une politique de conquête militaire, financière et artistique, qui lui vaut aujourd'hui encore une réputation d'extrême brutalité.

Les hommes forts du pouvoir

Fils d'un drapier de Reims, Jean-Baptiste Colbert grimpe tous les échelons de l'administration grâce à un travail acharné. Après la chute de Fouquet, à laquelle il a contribué, il accumule progressivement les fonctions de surintendant des Bâtiments, des Arts et Manufactures, de contrôleur général des Finances (1665), et de secrétaire d'État de la Maison du Roi et à la Marine. À sa mort, François-Michel Le Tellier, marquis de Louvois, devient le nouvel « homme fort » du gouvernement. Il a succédé à son père comme secrétaire d'État à la Guerre. Il initie une politique plus offensive et réforme en profondeur l'armée française pour en faire la plus puissante d'Europe.

Des fonctionnaires puissants

Le chancelier, le surintendant des Finances et quatre secrétaires d'État gèrent le royaume. Tout au long de son règne, Louis XIV s'appuiera sur les compétences et le dévouement de véritables dynasties de grands commis de l'État, la plupart issus de la noblesse de robe. De véritables clans familiaux se partagent le pouvoir comme les Le Tellier, Colbert ou Phelipeaux.

Trente et un intendants de justice, de police, de finances et d'armée, secondés par une administration très réduite, veillent à l'application des décisions royales. Il y en a dix-huit en pays d'élection, où l'impôt est fixé par le pouvoir royal ; treize dans les pays d'État, où les impôts sont votés et répartis localement.

De nombreuses réformes

Le règne de Louis XIV est marqué par une grande activité législative : en 1667, le Code Louis (Code civil), complété en 1670 par le Code criminel ; en 1669, le Code forestier.

Colbert tente de réformer la fiscalité en baissant les impôts directs (taille) au profit des impôts indirects (aides, traites et gabelle). Il essaie de rééquilibrer le budget de l'État en diminuant la part des ventes d'offices au profit de rentes d'État qui tablent sur l'augmentation de l'activité économique.

Un commerce protectionniste

Le roi veut assurer l'indépendance économique et financière du royaume. Il accroît le produit des impôts, crée des manufactures et cherche à développer un empire colonial.

La visite de Louis XIV à sa manufacture des Gobelins est l'occasion d'immortaliser dans cette tapisserie les plus belles réalisations des artistes français œuvrant à la gloire du roi : tapisseries, tapis, pièces de mobilier en bois précieux et marqueterie de pierres, pièces d'orfèvrerie.

Colbert, un ministre prudent

L'ambition du ministre est d'accumuler les métaux précieux, notamment l'or provenant de l'Amérique espagnole. Il réduit les importations en taxant lourdement les produits étrangers, par exemple les marchandises de luxe d'Italie ou les textiles des Pays-Bas. À l'inverse, il accroît les exportations de la France en accordant des privilèges à des manufactures et à des compagnies de commerce. On appelle « colbertisme » une politique de commerce protectionniste.

Les manufactures

Des subventions de l'État et des avantages de toutes sortes sont accordés à une trentaine d'établissements, dits « manufactures royales ». Les Gobelins pour les tapisseries, la manufacture royale des meubles et tapis de la Savonnerie obéissent à des règles strictes de production. Les manufactures d'armes, celle de Saint-Étienne en particulier, les arsenaux de Brest, Toulon et Rochefort-sur-Mer, fournissent l'armée exclusivement. Les ateliers de Saint-Gobain, qui réalisent les miroirs de la galerie des Glaces du château de Versailles, deviennent manufacture royale en 1692.

Partie du vaste décor des plafonds de la galerie des Glaces au château de Versailles, cette allégorie célèbre la jonction des deux mers grâce à la création du canal du Midi.

L'essor du commerce maritime

Colbert encourage, à l'aide de participations publiques, le développement des compagnies maritimes. Les investisseurs, les particuliers comme les entreprises, restent peu enthousiastes : les classes dirigeantes dédaignent le négoce et les marchands se méfient de l'État. La Compagnie des Indes orientales est la plus célèbre d'entre elles. En 1664, et pour cinquante ans, elle obtient le privilège du commerce à l'est du cap de Bonne-Espérance, aux Indes, en Extrême-Orient et dans les mers du Sud. La création de cinq comptoirs aux Indes, dont Pondichéry et Chandernagor, contribue au commerce de produits de luxe : soie, coton, thé et épices.

Le comptoir de Pondichéry, sur la côte est des Indes, assure un commerce lucratif de produits de luxe comme le thé ou la porcelaine. Le port, avec les magasins de la Compagnie des Indes, l'Amirauté et le palais du gouverneur, sont ici représentés.

Le début de l'empire colonial

En 1685, le Code noir régit le commerce des esclaves. Des populations africaines, notamment du Sénégal où sont établis des comptoirs, sont embarquées de force et vendues dans les colonies de l'île Bourbon et de l'île de France, actuelles Réunion et île Maurice. Cette main-d'œuvre doit travailler dans les plantations de canne à sucre. Le traité de Ryswick (1697) accorde à la France la partie occidentale de Saint-Domingue (Haïti). En Amérique, tandis que Cavelier de La Salle remonte le Mississippi et baptise Louisiane cette région en l'honneur du roi, Louis XIV doit céder, en conclusion de la guerre de succession d'Espagne, Terre-Neuve, l'Acadie et la baie d'Hudson au Canada. Cela marque le début de la perte de la Nouvelle France et de la prépondérance anglaise sur le continent nord-américain.

La figure de femme est une allégorie de l'Amérique avec sa couronne de plumes et son perroquet ; sa corne d'abondance illustre les richesses qui attendent les puissances de l'Europe dans ce vaste continent. L'alligator symbolise la Louisiane, territoire de la Couronne dont le nom rend hommage à son souverain.

Une France bien armée

La France devient la première puissance militaire en Europe vers 1680 au prix de lourds sacrifices financiers, de réformes et de travaux de grande ampleur.

Une stratégie maîtrisée

Louis XIV accorde très vite toute sa confiance à Henri de La Tour d'Auvergne, vicomte de Turenne. Issu d'une grande famille protestante, d'abord allié à la fronde des princes, il rejoint le roi en 1652, bat Condé et chasse les armées étrangères. En 1660, Louis XIV lui attribue le titre exceptionnel de « maréchal général des camps et armées du roi ». Ce stratège hors pair sert de précepteur militaire au roi durant la campagne de Flandres de 1667. Il est tué en 1675 par un boulet de canon à Salzbach en Alsace. Louis XIV lui accordera l'honneur d'être enterré dans la nécropole royale de Saint-Denis, comme Du Guesclin.

Une armée bien organisée

La scène représentée sur cette tapisserie exalte les faits d'armes du roi, dressé sur son cheval en une pose auguste, tandis qu'au loin la foule des soldats se presse au pied des remparts de la ville de Dunkerque.

Louis XIV mène en personne ses armées en campagne jusqu'en 1693. Le haut commandement reste tenu par les princes et la noblesse mais, dès 1675, les officiers de tous les corps d'armée bénéficient d'un tableau d'avancement. Le Tellier puis son fils Louvois, secrétaires à la Guerre, travaillent à moderniser l'administration de l'armée pour recruter, fortifier, renforcer la logistique, surveiller les gouverneurs et les commissaires de guerre. L'armée compte 72 000 hommes et peut mobiliser jusqu'à 300 000 soldats en cas de conflit.

Des frontières renforcées

Le maréchal Vauban dote la France d'une « ceinture de fer » pour protéger ses frontières. Devenu ingénieur militaire responsable des fortifications à l'âge de 22 ans, il a imaginé un système original de forteresses rasantes, construites en lignes brisées, protégées par des terrasses et des fossés. Il dirige lui-même de nombreux sièges, modifie 130 forteresses et en bâtit 30 de toutes pièces. Il s'attire la disgrâce du roi en plaidant pour une politique fiscale plus équitable.

La création d'un hôpital militaire

À l'aide d'une taxe levée sur les couvents, Louis XIV et Louvois fondent l'hôtel des Invalides qui hébergera plus de 6 000 vétérans réformés. Ce vaste hôpital en quadrilatère est construit à partir de 1671 sur les plans de Libéral Bruant, juste en dehors des limites de Paris. À partir de 1677, Jules

Hardouin-Mansart achève la construction de l'église Saint-Louis au majestueux dôme doré. Les soldats méritants mais désargentés sont nourris et soignés gratuitement par l'État.

Le roi vient inaugurer l'établissement qu'il destine à ses fidèles vieux soldats : l'hôpital royal des Invalides. L'église Saint-Louis avec son dôme doré témoigne de la munificence de Louis XIV.

Le développement de la marine

Colbert veut établir la suprématie navale française. Les amiraux Duquesne et Tourville sont secondés par les corsaires du roi, Jean Bart et Duguay-Trouin. Pour le recrutement des marins, l'« inscription maritime » se substitue à l'enrôlement de force : la « Royale » va comptabiliser jusqu'à 50 000 matelots. La construction de navires et la fonte des canons se déroulent dans de nouveaux arsenaux. Colbert fait planter des forêts comme la hêtraie de Lyons-la-Forêt.

L'arsenal de Marseille construit la flotte des galères du roi, dont la maîtrise et la beauté assurent aux quatre coins de la Méditerranée le prestige du royaume de France.

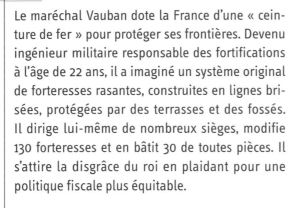

Une politique offensive

Les ambitions des Habsbourg menaçant la France, le roi renforce les frontières du Nord et de l'Est, en achetant la neutralité de certains pays et en nouant des alliances de revers.

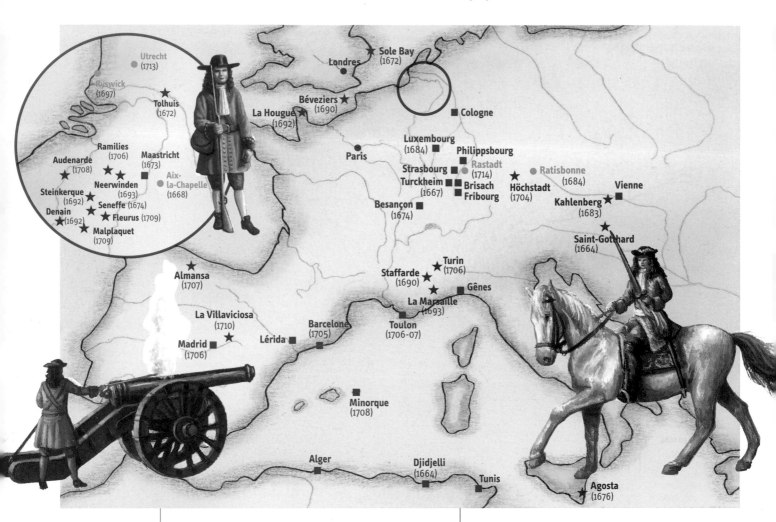

Utrecht (1713)

Ryswick (1697)

Tolhuis (1672)

La Hougue (1692)

Sole Bay (1672)

Londres

Béveziers (1690)

Cologne

Ramilies (1706)

Maastricht (1673)

Audenarde (1708)

Aix-la-Chapelle (1668)

Neerwinden (1693)

Steinkerque (1692)

Seneffe (1674)

Denain (1692)

Fleurus (1709)

Malplaquet (1709)

Paris

Luxembourg (1684)

Philippsbourg

Rastadt (1714)

Ratisbonne (1684)

Strasbourg

Turckheim (1667)

Brisach

Höchstadt (1704)

Vienne

Fribourg

Besançon (1674)

Kahlenberg (1683)

Saint-Gotthard (1664)

Almansa (1707)

Staffarde (1690)

Turin (1706)

La Villaviciosa (1710)

Barcelone (1705)

La Marsaille (1693)

Gênes

Lérida

Madrid (1706)

Toulon (1706-07)

Minorque (1708)

Alger

Djidjelli (1664)

Tunis

Agosta (1676)

LES GUERRES DE LOUIS XIV

■ **Villes assiégées** (date de la prise)

★ **Batailles**

● **Congrès et traités de paix**

La France s'agrandit

Mazarin, puis Louis XIV, poursuivent la politique extérieure de Richelieu : en s'appuyant sur la frontière naturelle formée par le Rhin, ils comptent repousser l'Espagne et le Saint Empire romain germanique. Après les victoires de Rocroy en 1643 et de Lens en 1648, les traités de Westphalie en 1648 donnent à la France la possession de l'Alsace, à l'exception de quelques villes, et les trois évêchés de Metz, Toul et Verdun. Avec le traité des Pyrénées en 1659, la France s'agrandit de l'Artois et du Roussillon cédés par l'Espagne.

La guerre de « Dévolution »

N'ayant pas reçu le versement de la dot de la reine à la mort du roi d'Espagne, Louis XIV envahit les Pays-Bas espagnols en 1667. En réaction, la Hollande, l'Angleterre et la Suède forment une triple-alliance. En 1668, la paix d'Aix-la-Chapelle oblige la France à restituer la Franche-Comté à l'Espagne en échange du Hainaut et de la Flandre méridionale, annexant de fait les villes de Lille, Douai et Charleroi.

Ce captif est l'un des quatre personnages représentant les nations vaincues (l'Espagne, l'Empire, le Brandebourg et la Hollande) à la paix de Nimègue (1679). Ils sont l'œuvre du sculpteur Desjardins et ont orné jusqu'à la Révolution française la base de la statue équestre de Louis XIV, place des Victoires à Paris.

La ligue d'Augsbourg

La frontière orientale de la France reste vulnérable. Louis XIV applique la politique de « réunions » : il annexe les places fortes liées par d'anciens droits féodaux aux territoires conquis par la France lors des traités de Nimègue. Les armées occupent Bitche et Hombourg en 1679, puis Strasbourg en 1681. En 1688, pour contrer les visées françaises, l'Empire germanique, l'Angleterre, les Provinces-Unies et l'Espagne forment la coalition dite « ligue d'Augsbourg ». Finalement, la paix de Ryswick en 1697 entérine pour la France la possession de la basse Alsace, dont Strasbourg, et de Sarrelouis mais, en échange, Louis XIV doit rendre la presque totalité des provinces annexées. Il doit aussi reconnaître le protestant Guillaume d'Orange, roi d'Angleterre depuis 1689, comme souverain légitime à la place de ses cousins catholiques Stuarts.

La guerre de Hollande

Allégorie de la trève de Ratisbonne en 1684 montrant Louis XIV écrasant ses ennemis et recevant les hommages de la terre et des dieux.

Louis XIV achète la neutralité de l'Angleterre et de la Suède. Au printemps 1672, les hostilités commencent entre la France et les Provinces-Unies calvinistes. Pour contrer l'avancée des armées françaises, la Hollande ouvre les digues et inonde le bas du pays pour sauver de l'invasion les villes d'Amsterdam, Harlem, Delft et Leyde. L'empereur d'Allemagne, la reine d'Espagne et l'électeur de Brandebourg (Prusse) rejoignent les Hollandais. Les traités de Nimègue en 1678 et 1679 permettent à la France de conforter ses frontières du Nord avec l'attribution des villes de Valenciennes, Cambrai et Maubeuge, et d'acquérir définitivement la Franche-Comté. Le roi gagne alors le nom de « Louis le Grand ».

Le passage du Rhin en 1672 marque la puissance irrésistible du jeune roi auquel même un fleuve impétueux ne saurait opposer de résistance !

La cour du Roi-Soleil

La Cour est le théâtre dans lequel le roi se met en scène. Il s'entoure d'une foule de courtisans qui lui rendent hommage.

Une foule de courtisans

La chorégraphie des bals de la Cour obéit à des codifications très strictes ; la splendeur des habits accentue la noblesse des figures dansées.

Étiquette :

819 articles qui règlent le fonctionnement de la Cour.

Louis XIV est vêtu en empereur romain pour commander le premier quadrille au Carrousel de 1662, donné en l'honneur de la naissance du Dauphin.

En 1661, la cour de Louis XIV ne compte qu'une centaine de personnes régulières. Elle est itinérante, circule avec armes et bagages entre le Louvre et les Tuileries à Paris, le fort de Vincennes, les châteaux de Saint-Germain-en-Laye et de Fontainebleau. Elle accompagne le roi dans ses inspections militaires. À compter de 1682, le roi et la Cour s'installent à Versailles. Le château et ses annexes vont alors abriter une population de 10 000 personnes. On appelle « logeants » les 3 000 courtisans privilégiés qui habitent dans le château même, en dépit de l'exiguïté et de la saleté de l'habitat. Versailles et son *étiquette* deviennent une « cage dorée » pour les princes et la haute noblesse. Les courtisans dépendent en tout du roi qui dispense faveurs, pensions et décorations pour les aider à soutenir leur train de vie et promouvoir leur famille.

Installé dans une architecture éphémère dans le parc du château de Versailles lors du « Grand Divertissement royal » de 1668, ce buffet dans cette salle de bal donne une faible idée du luxe prodigieux des fêtes de la cour de Louis XIV.

Louis XIV aimait le ballet avec passion dans sa jeunesse et dansait souvent devant la Cour. Il est travesti ici en Apollon pour le ballet intitulé « La Nuit ».

En 1715, la cour de Versailles déploie toutes ses splendeurs pour recevoir dans la galerie des Glaces Mehemet Riza-Bey, ambassadeur extraordinaire du shah de Perse.

La première apparition du Roi-Soleil

La première moitié du règne de Louis XIV est marquée par de grandes fêtes, auxquelles le roi participe parfois en personne, en montant sur scène pour danser des ballets. Les 5 et 6 juin 1662, se déroule entre le Louvre et les Tuileries un fastueux spectacle équestre donné en l'honneur de la naissance du Dauphin. Ce carrousel du Louvre, tout à la gloire du roi, marque le début de son règne personnel. Louis XIV arbore la devise *Ut vidi vici* (« Sitôt que j'ai paru j'ai vaincu »), accompagnée de la représentation du soleil. Il conservera toute sa vie cet emblème lié à Apollon, avec la célèbre devise *Nec pluribus impar* (« Il l'emporte sur tous »).

Des réceptions somptueuses

Durant la seconde moitié de son règne, les grandes réceptions ont la faveur de Louis XIV. Chaque semaine, bals, concerts et comédies se succèdent. Les réceptions de souverains et d'ambassades étrangères sont l'occasion de déployer tout le faste de la Cour afin d'œuvrer au prestige de la France. D'innombrables corps de métier, réunis sous l'administration des Menus-Plaisirs, travaillent à concevoir, réaliser et immortaliser ces cérémonies aux architectures éphémères.

Des fêtes pour tous

À Versailles, au mois de mai 1664, les « Plaisirs de l'Île enchantée » offrent durant une semaine des divertissements à 600 courtisans, spectateurs et acteurs. Puis en juillet 1668, le « Grand Divertissement royal » réunit plus de 3 000 spectateurs dans le parc ouvert au public. La flottille du Grand Canal, reproduction miniature des navires de guerre, permet à la Cour de voir les feux d'artifice. Malgré l'opprobre de l'Église, Louis XIV protège les acteurs et Molière en particulier. En 1664, il donne devant la Cour les premières de *Tartuffe* et de *L'Imposteur*. En 1673, c'est la création du premier opéra français, *Cadmus et Hermione*, écrit par Lully.

La journée du roi

La journée du roi se déroule en toute occasion selon un rituel immuable, appelé étiquette. Cette liturgie sacralise la personne du roi dont tous les actes de la vie se déroulent en public.

Louis XIV reçoit en 1663 dans sa chambre de parade au Louvre des envoyés des treize cantons pour sceller le renouvellement de l'alliance entre la France et la Suisse, pays pourvoyeur de soldats pour l'Europe entière. Le régiment des Suisses assure la garde du roi de France depuis la Renaissance.

Chaise d'affaires :
w.-c.

Le rituel du lever

À 8 h, les premier valet de chambre, médecin et chirurgien pénètrent dans la chambre de parade du roi pour une toilette sommaire. À 8 h 15 commence le Petit Lever, réservé à la famille royale et aux grands officiers : le Premier Gentilhomme de la Chambre présente l'eau bénite au roi qui, après une courte prière, se fait raser, un jour sur deux. À 8 h 30, suit le Grand Lever : des seigneurs privilégiés viennent faire leur cour au roi qui les reçoit sur sa « *chaise d'affaires* » et achève sa toilette avec une friction sur tout le corps d'eaux de senteur. Habillé en partie, le roi boit une tasse de bouillon ou un verre d'eau de sauge. Il finit de se faire habiller, mais noue toujours lui-même sa cravate.

Une matinée de travail

À 9 h 30, le roi accorde des audiences dans son cabinet du Conseil puis il traverse la galerie des Glaces et les Grands Appartements pour se rendre à la chapelle où la messe commence à 10 h. À 11 h, le roi préside une section de son Conseil, selon les jours et les affaires : conseil d'État (grandes affaires extérieures et intérieures) les dimanche et jeudi, des Dépêches (affaires intérieures) le lundi, des Finances les mercredi et samedi, enfin des Affaires religieuses le vendredi.

Un repas très copieux

À 13 h, se tient le Dîner ou Petit Couvert. Louis XIV déjeune seul, assis à une table dans sa chambre, face au public, servi par le Grand Chambellan. Chacun des trois services compte de cinq à sept plats de viandes et de poissons, des *racines*, des gâteaux et des confiseries. Le roi coupe d'eau son vin favori de Bourgogne. Il manifeste un appétit féroce, avale même parfois sans mâcher !

Des après-midi en plein air

À 14 h, Louis XIV se promène dans les jardins ou visite les chantiers en cours. Il aime aussi chasser, accompagné de quelques personnes. Avec l'âge, il suit les parties de chasse dans une voiture légère. Le roi vit en permanence environné des chiens favoris de sa meute qui disposent même d'un salon dans ses appartements privés.

Des divertissements en soirée

À 17 h, le roi reçoit ses proches et accorde des audiences. Parfois se tiennent des conseils restreints appelés « liasses », qui portent sur des questions militaires, de marine ou de bâtiments.

À 19 h, les lundi, mercredi et jeudi, il y a « Appartement » ; le roi et la Cour se retrouvent pour se divertir au moyen de jeux de billard ou de cartes, bals, comédies et ballets.

À 22 h, dans l'antichambre du roi ou de la reine se déroule le Souper ou Grand Couvert, le roi partageant avec sa famille un plantureux dîner, accompagné de musique, devant la foule des courtisans.

À 23 h, la cérémonie du Grand et du Petit Coucher suit l'ordre inverse du matin. Enfin, l'officier des gardes reçoit le mot de passe : le roi restera enfermé dans sa chambre jusqu'au matin.

Le roi amoureux

Aucune femme ne semble résister à l'attrait du plus grand des rois. Louis XIV accumule les liaisons, les enfants illégitimes et se remarie même en secret.

Composition allégorique célébrant le mariage de Louis XIV et de Marie-Thérèse d'Autriche qui scelle la paix des Pyrénées entre les royaumes de France et d'Espagne.

Un mariage de raison

Louis XIV épouse en 1660 sa cousine germaine, la fille du roi d'Espagne, pour consolider la paix. L'épouse légitime occupe peu de place dans la vie sentimentale du roi. Celui-ci se lasse très vite de son intelligence médiocre, mais se fait un devoir de la rejoindre chaque nuit. Elle lui donne trois garçons et trois filles qui, à l'exception du Grand Dauphin, mourront en bas âge. À sa mort en 1683, Louis XIV la pleure en disant que sa disparition était le seul chagrin qu'elle lui ait jamais causé.

Pour les beaux yeux de la La Vallière

Dès 1661, Louis XIV éprouve une forte inclination pour sa belle-sœur la duchesse d'Orléans puis jette son dévolu sur Louise de La Baume Le Blanc. Celle-ci boite mais possède de très beaux yeux. En 1671, comme cadeau de rupture, le roi la fait duchesse de La Vallière. En 1674, elle se retire dans un carmel où elle vivra 36 ans.

Premières amours

Louis XIV est initié à l'amour par une femme de chambre de sa mère, affligée d'un œil borgne mais réputée pour son art ! Son premier grand amour est Marie Mancini, l'une des cinq nièces du cardinal Mazarin, surnommées « les mazarinettes ». En 1659, Louis va même jusqu'à demander la main de Marie à Mazarin qui éloigne prestement la demoiselle. Celle-ci connaîtra une vie tumultueuse et une fin misérable.

Portrait de Louis XIV vers 1665, le montrant dans toute sa beauté de jeune homme et sa fière allure de souverain auquel tout sourit.

La duchesse de La Vallière donne des enfants au roi qu'elle aime d'amour mais dont elle ne saura garder le cœur. Pour quelques années de liaison, elle s'enfermera plus de trente ans au couvent.

Dans un cadre somptueux, la flamboyante maîtresse royale, la marquise de Montespan, exhibe les fruits de ses amours avec Louis XIV.

La très croyante Mme de Maintenon

Fille pauvre d'une famille protestante, Françoise d'Aubigné connaît une destinée extraordinaire. Convertie au catholicisme à l'âge de 15 ans, veuve du poète difforme Scarron, elle est choisie en 1669 pour élever les bâtards royaux de Mme de Montespan. Elle séduit le roi par son intelligence. Conseillère écoutée, elle pousse le roi à la dévotion pour le salut de son âme. Il lui offre le marquisat de Maintenon, en fait sa maîtresse puis l'épouse secrètement en 1683. La Cour devient alors plus austère. La luxure et la corruption se font plus discrètes ou émigrent à Paris... En 1686, la marquise fonde la maison de Saint-Cyr, chargée de l'éducation de jeunes filles nobles et pauvres.

Mme de Maintenon règne dans l'ombre sur le roi. Elle consacre beaucoup de son énergie à son établissement de Saint-Cyr, destiné à l'éducation de jeunes filles nobles mais pauvres, que l'on peut voir à l'arrière-plan.

Marie-Angélique, duchesse de Fontanges, trouvera la mort en donnant naissance à un nouvel enfant illégitime du roi.

L'envoûtante Mme de Montespan

Louis XIV se passionne très vite pour la marquise de Montespan. Sa vivacité d'esprit et ses recettes amoureuses lui assurent la folle générosité du roi. Il fait bâtir pour elle, non loin de Versailles, le fastueux château de Clagny. Lorsqu'elle tombe en disgrâce quelques années plus tard, il le fera détruire. Le roi en effet la soupçonne de tremper dans la fameuse « affaire des poisons », où de grandes dames se compromettent dans des messes noires et la fabrication de diverses potions. Marie Angélique de Scorraille de Roussille, future duchesse de Fontanges, la supplante avant de mourir en couches.

Le roi et sa famille

Le roi se sert de sa famille pour conforter la position de la France en Europe. Il joue des rivalités entre branches cousines et anoblit ses enfants nés hors mariage.

« Monsieur », le frère mal aimé

Tout laisse croire au bonheur familial dans ce portrait du Grand Dauphin, son épouse bavaroise et leurs trois fils. Le peintre a su allier à l'artifice des allégories un relatif naturel des poses des deux générations de modèles royaux.

Philippe, dit « Monsieur », duc d'Anjou puis duc d'Orléans, est nanti d'une immense fortune. Il règne sur le château de Saint-Cloud à défaut de trouver sa place auprès du roi. Il épouse d'abord Henriette d'Angleterre, sa belle et intrigante cousine, puis Élisabeth Charlotte de Bavière, dite la « princesse Palatine ». Personnage haut en couleur, elle abomine la cour de Versailles qu'elle décrit de façon caustique dans les lettres adressées à sa famille.

La princesse Palatine méprisait son époux Philippe, duc d'Orléans, mais idolâtrait Louis XIV. Elle a décrit avec férocité la cour de Versailles dans ses fameuses *Lettres* destinées à sa famille allemande.

Un fils dominé par son père

L'unique enfant survivant de la reine, le Grand Dauphin, aura comme précepteur le fameux Bénigne Bossuet, évêque de Meaux. Le roi l'associe aux affaires du royaume mais l'écrase par sa personnalité. En réaction, Monseigneur se livre aux excès de la table, se dépense sans compter à la chasse et agit imprudemment à la guerre. Il jouit d'une grande popularité auprès du peuple de Paris où il se rend souvent, contrairement à son père. Grand collectionneur et amateur d'art, il fait construire à partir de 1706, par Jules Hardouin-Mansart, le Château Neuf de Meudon. Il y tiendra une cour brillante avec sa maîtresse Mlle de Choin.

Le duc d'Orléans s'étourdit de luxe et de plaisirs pour pallier son manque d'influence sur la vie du royaume.

Les princes

Le duc de Bourgogne était appelé à la rude tâche de succéder à son grand-père Louis XIV. La mort du jeune prince due à une maladie foudroyante fit de son tout jeune fils, futur louis XV, le seul héritier légitime.

De son épouse Marie-Anne de Bavière, le Grand Dauphin aura trois fils. Le précepteur de l'aîné, François de Salignac de La Mothe, évêque de Cambrai, écrit, pour son élève âgé de sept ans, les *Aventures de Télémaque*. Ce roman doit contribuer à son éducation politique dans le sens des réformes. Louis, duc de Bourgogne, deviendra Dauphin à la mort de son père en 1711 et sera le père de Louis XV.

Le cadet, Philippe, duc d'Anjou, deviendra en 1700 Philippe V, roi d'Espagne. Le dernier fils Charles, duc de Berry, décède en 1714 sans descendance.

La famille proche de Louis XIV est ici représentée vers 1670 en dieux de la mythologie.

Les légitimés

Après la mort du Grand Dauphin en 1711, les enfants survivants nés des amours du roi hors mariage sont légitimés. Des quatre enfants de la La Vallière, seuls deux atteignent l'âge adulte. Des huit enfants de la Montespan, deux meurent en bas âge, les autres deviendront le duc du Maine, le comte du Vexin, Mlle de Nantes, Mlle de Tours, Mlle de Blois et le comte de Toulouse. Le roi fait épouser ses filles par des princes du sang ; la bouillonnante princesse Palatine giflera en public son fils, le futur Régent, pour avoir accepté de contracter mariage avec l'une d'elles.

Le roi architecte

Sur son lit de mort, Louis XIV dit regretter d'avoir trop aimé le bâtiment. Il fut critiqué en son temps pour l'ampleur de la dépense.

Les Tuileries

Entre 1659 et 1662, dans le palais des Tuileries, est aménagée la première salle d'opéra jamais construite en France. La salle est à *l'italienne* avec une machinerie conçue par le spécialiste italien Gaspare Vigarini. De 1664 à 1668, afin d'instituer les Tuileries comme la véritable résidence royale, Colbert fait modifier les façades et aménager les magnifiques appartements du roi dont le décor ne sera terminé qu'en 1671.

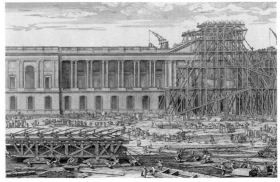

Le Louvre

La galerie d'Apollon au Louvre, dédiée à la gloire du roi, unit un riche décor inspiré de l'Italie baroque à des peintures et stucs empreints de classicisme français.

Le chantier de la colonnade du Louvre donne lieu à des techniques de construction innovantes ainsi qu'à l'utilisation de machines élévatrices.

Louis XIV commande une série d'aménagements du Louvre. L'architecte Louis Le Vau achève l'aile sud de la cour Carrée et double la petite galerie. À compter de 1663, le peintre Charles Le Brun y aménage la galerie d'Apollon. Dans la voûte au somptueux décor de stuc, les compartiments peints représentent des épisodes de la vie du dieu, modèle du roi. En 1664, Colbert remet en cause la construction de l'aile orientale de la cour Carrée et organise un concours. Le projet de l'illustre architecte-sculpteur italien Bernin, jugé trop baroque, est vite abandonné. Celui de Claude Perrault, le frère de l'auteur des célèbres *Contes*, est choisi. La construction de la *colonnade* du Louvre nécessite l'utilisation nouvelle de tringles et de tirants de fer.

Marly

À Marly, Louis XIV, en compagnie de sa famille et d'invités choisis, se repose de son métier de roi. À partir de 1679, Jules Hardouin-Mansart y construit un ensemble de treize pavillons, peints en trompe-l'œil. Celui du roi, qui symbolise le soleil, domine depuis sa terrasse les douze autres, tous semblables, évoquant les signes du zodiaque. Le parc comprend la Grande Cascade alimentée par la machine de Marly, des portiques et des bosquets. L'admirable statuaire de plein air de Marly se trouve aujourd'hui au musée du Louvre de même que les chevaux ailés de Coysevox et les chevaux cabrés de Coustou qui ornaient l'abreuvoir.

Les résidences de chasse

Vue perspective du château de Marly où Louis XIV se repose des fastes de la cour de Versailles : le roi veille en personne dans les moindres détails à embellir son domaine.

À Vincennes, le roi fait construire deux majestueux corps de logis en pierre de taille, dits « pavillons du Roi et de la Reine ». Les travaux sont achevés en 1658. L'intérieur est magnifiquement décoré sous la direction de Le Vau et sert de cadre en 1660 à la réception donnée en l'honneur des jeunes époux royaux de retour à Paris après leur mariage. Le roi y vient par la suite pour chasser comme à Fontainebleau, entraînant avec lui l'ensemble de la Cour et de l'administration.
À Fontainebleau, les Grands Appartements ont été redécorés durant la Régence. À Saint-Germain, des appartements privés au luxe inouï, dont un cabinet entièrement lambrissé de miroirs, ont été aménagés pour le roi.

Louis XIV en costume de sacre tient les plans d'un bâtiment : la pierre doit témoigner au travers des siècles de la puissance de son règne.

Le carrousel qui célèbre la naissance du Dauphin est un spectacle équestre d'une rare somptuosité : le roi et les princes, parés des plus beaux atours participent à la représentation qui se tient dans la cour du château des Tuileries, la résidence parisienne de Louis XIV.

Colonnade :
série de colonnes en façade servant de décoration.

Salle à l'italienne :
en forme de fer à cheval.

Le château de Versailles

Louis XIV se méfie de Paris qu'il a dû fuir en 1649 avec la Régente. Il choisit son pavillon de chasse à Versailles pour y faire construire un des plus somptueux palais d'Europe.

Un chantier permanent

Le domaine de Versailles et son parc en 1668. Lorsque le palais commence à devenir le centre du pouvoir, il est appelé à s'agrandir et embellir.

Louis XIV a de l'affection pour ce petit château de chasse de son père, « château de cartes » bleu d'ardoise, blanc de pierre et rouge de brique. Très rapidement cette résidence se révèle trop exiguë. De 1668 à 1673, Louis Le Vau et François d'Orbay embellissent la façade côté cour du château primitif et englobent ses trois élévations côté jardin par des façades en pierre et à toits plats. Dès 1676, la grande terrasse donnant sur les jardins est supprimée au profit de la future galerie des Glaces. Entre 1678 et 1689, Jules Hardouin-Mansart triple la taille du château en construisant les ailes du Midi et du Nord.

Les Grands et Petits Appartements

Le décor intérieur du château s'inspire du mythe solaire. Les salons d'apparat qui forment les Grands Appartements rendent hommage aux principaux dieux de l'Olympe. Décors peints, marbres polychromes, tableaux, mobilier précieux et sculptures antiques composent le décor des fêtes et réceptions de la Cour. En arrière de ces pièces de parade, Louis XIV fait décorer par Pierre Mignard une suite de Petits Appartements, plus intimes, et y expose les plus belles pièces de ses collections sans égales en Europe : médailles, objets d'orfèvrerie, livres, estampes, etc.

La galerie des Glaces est un chef-d'œuvre d'art décoratif de par les marbres de couleur, les bronzes dorés, la taille et l'abondance des miroirs. Son plafond peint célèbre les victoires et conquêtes du souverain.

En l'honneur du roi

Longue de 73 m, large de 10,50 m et haute de 12,30 m, la galerie des Glaces résume à elle seule le luxe inouï de Versailles. Sa construction débute en 1676 et s'achève en 1684. Le revêtement des murs est en marbre, les décors sculptés, la voûte peinte par Charles Le Brun. Avec des trompe-l'œil de couleur vive et l'omniprésence de l'or, ses allégories célèbrent l'œuvre civile et militaire de Louis XIV durant les vingt premières années de son règne.

Depuis la cour de Marbre du château de Versailles, on peut voir la cour d'honneur puis la place d'Armes et ses trois avenues en « patte d'oie », entre lesquelles se dressent les bâtiments des Écuries.

Pour la gloire de Dieu

La première chapelle de Versailles apparaît bien modeste comparée au palais et à la foi religieuse très vive de Louis XIV qui assiste tous les jours à la messe.

Versailles se dote d'une véritable chapelle à partir de 1699 construite par Jules Hardouin-Mansart puis par son beau-frère Robert de Cotte. Cet ensemble constitue un chef-d'œuvre absolu, pour la noblesse de son architecture et le raffinement de son décor.

Autour du château

La Grande et la Petite Écurie, qui abritent les chevaux de selle, de trait, ainsi que les carrosses, sont édifiées sur la place d'Armes entre 1679 et 1685. Elles forment avec le Grand Commun, élevé entre 1682 et 1684, réservé au service de la Bouche et au logement de la nombreuse domesticité, les compléments indispensables à la vie du château. Parallèlement, autour d'un plan urbain de trois avenues partant de la place du château, se développe une véritable ville dont la paroisse Notre-Dame est aussi celle où la famille royale déclare tous les baptêmes, mariages et enterrements comme tous les autres sujets du roi.

Le roi jardinier

Louis XIV aime suivre de près les travaux d'embellissement de ses jardins. Le roi collectionne avec passion les fleurs les plus rares.

Un amateur passionné

À Paris, Louis XIV ouvre les jardins des Tuileries au public et recrée le jardin royal des plantes rares, l'actuel Jardin des plantes. En 1683, Jean-Baptiste La Quintinie achève l'aménagement d'un jardin expérimental de culture potagère, près de la pièce d'eau des Suisses, à Versailles, qui profite de l'abondant fumier des écuries royales. Entre 1690 et 1699, le roi rédige lui-même un guide, *Manière de montrer les jardins de Versailles*, dans lequel il décrit le trajet à suivre pour découvrir au mieux la beauté de l'endroit, ouvert au public.

Le maître des jardins

Descendant d'une dynastie de jardiniers, André Le Nôtre commence à travailler pour Fouquet à Vaux-le-Vicomte. Au service du roi, il aménage les jardins des Tuileries et plante l'allée des Champs-Élysées. Spécialiste des perspectives ouvrant sur l'infini, avec parterres et fontaines, il œuvre dans les parcs de Versailles, Fontainebleau, Saint-Germain, Chantilly, Sceaux, Saint-Cloud et Meudon. Subjugué, Louis XIV le couvre de faveurs. Un jour, Le Nôtre l'embrasse sur les deux joues au grand scandale de la Cour ! En récompense de son travail, le roi l'anoblit et lui donne pour armes parlantes trois colimaçons couronnés d'une pomme de chou !

Vue du bosquet de l'Arc de Triomphe, dont l'architecture végétale et minérale sert de décor aux fêtes en plein air de la Cour.

De vraies prouesses techniques

À Marly, le cas de figure est plus compliqué : l'eau peut être pompée dans la Seine mais comment refouler 5 000 m^3 par jour à plus de 150 m au-dessus du niveau de la rivière ? La construction d'une gigantesque machine de 14 roues à anses d'environ 12 m de diamètre, que les contemporains surnomment la « huitième merveille du monde », est entamée. Elle s'accompagne de celle de l'aqueduc monumental de Louveciennes et de ses réservoirs.

André Le Nôtre élabore le jardin « à la française » où la nature domestiquée, le jeu des perspectives, l'omniprésence de l'eau et l'abondance de la statuaire créent un monde merveilleux.

La réussite de Versailles

Au cours des années 1680, Le Nôtre entreprend à Versailles la création du chef-d'œuvre absolu du « jardin à la française ». Il dessine des parterres, élargit les perspectives, aménage des fontaines, creuse le Grand Canal et la pièce d'eau des Suisses, où le roi va pêcher parfois. Le domaine, ceinturé de murs pour les réserves de chasse, couvre alors une superficie de 6 070 ha dont 100 ha pour le jardin ordonnancé. Les jardins du Trianon se parent de fleurs. Chaque jour, les plantes en pots, d'espèces odoriférantes des parterres sont renouvelées pour varier les couleurs et les parfums, de préférence capiteux.

D'énormes besoins en eau

Un vaste réseau hydraulique va être mis en place durant les années 1680. Il doit apporter l'eau nécessaire à l'alimentation des pièces d'eau et des fontaines de Versailles. Sur les plateaux au sud-ouest du château, une zone de collecte des eaux de pluie couvre une superficie de 15 000 ha ! Les ouvrages comportent 25 étangs, retenues ou réservoirs, 140 km de rigoles, 34 km d'aqueducs, des logements de gardes et un pont aqueduc.

La machine de Marly représente un tour de force technologique ; même la nature doit se plier aux désirs du roi.

L'art au service du pouvoir

La diffusion de la grandeur royale se fait de façon privilégiée par l'intermédiaire de la peinture et de la sculpture. C'est la naissance du grand art classique français.

Un mécénat dynamique

Louis XIV veut faire de la France le centre de la civilisation en Europe. Il pratique une politique de mécénat et commande de nombreuses œuvres d'art. La surintendance des Bâtiments du roi, qui joue le rôle d'un ministère des Arts, est tenue successivement par Colbert, Louvois puis Mansart. Ils disposent d'importants budgets pour financer les constructions et les collections royales et versent des pensions aux artistes, hommes de lettres et gens de science, français et étrangers, qui contribuent à la gloire du roi.

Le développement des académies

Le mécénat culturel et artistique du roi s'accompagne de la création d'académies : Inscriptions et Belles-Lettres en 1663, Peinture et Sculpture en 1664, Sciences en 1666, Architecture en 1671, ou Musique en 1672. Ces établissements recrutent pour le roi les plus beaux esprits qui étudient et publient leurs recherches. Pour développer l'éducation des artistes français en Italie, terre des arts, Colbert crée l'Académie de France à Rome en 1666.

Ce plus célèbre portrait de Louis XIV en habit de sacre a été peint alors que le roi est un homme mûr. À l'origine destiné au jeune roi Philippe d'Espagne, son petit-fils, il est finalement conservé à Versailles et reproduit à de nombreux exemplaires en raison de son succès.

Charles Le Brun, Premier Peintre

Le peintre Charles Le Brun définit l'art officiel du règne de Louis XIV. D'abord au service de Fouquet, il devient le directeur de la manufacture des Gobelins. Il fournit des modèles et des cartons d'après lesquels sont tissées les tapisseries. Anobli, nommé Premier Peintre du roi, il dirige les équipes chargées du décor des résidences royales, notamment de la galerie des Glaces au château de Versailles. Son atelier fournit de grands tableaux à motifs mythologiques, des scènes de bataille et des portraits.

D'autres grands noms marquent la peinture de cette époque : le brillant coloriste Pierre Mignard, l'incisif portraitiste Hyacinthe Rigaud, Van der Meulen pour ses batailles, ou encore Jean-Baptiste Jouvenet pour ses scènes religieuses...

Le *Mercure monté sur Pégase* d'Antoine Coysevox a orné l'abreuvoir aux chevaux de Marly puis le jardin des Tuileries.

Le *Milon de Crotone* est le chef-d'œuvre absolu du sculpteur Pierre Puget qui représente avec expressivité dans le marbre la mort d'un héros mythologique. Louis XIV avait une prédilection pour cette œuvre.

Le roi est le haut protecteur des arts et des sciences comme le montre cette allégorie où le portrait de Louis XIV est posé au milieu d'instruments et d'objets d'art.

Immortaliser dans la pierre

L'effigie du roi et celles de son entourage représentent d'importantes commandes. Bustes, statues en pied ou équestres, bas-reliefs célèbrent la gloire du souverain. Les parcs des résidences royales se peuplent de figures mythologiques et de héros antiques en marbre ou en plomb réalisés par Jean-Baptiste Tuby ou Étienne Le Hongre. De 1671 à 1682, Pierre Puget exécute le très expressif *Milon de Crotone* que Louis XIV fait placer à l'entrée de l'allée royale de Versailles. La reine aurait dit à son sujet : « Le pauvre homme, comme il souffre ! ».

Le roi collectionneur

Sa passion pour la beauté amène le roi à acheter, avec discernement, des œuvres d'art de toute nature qui forment aujourd'hui le cœur de nos inestimables collections nationales.

Ce tableau de Nicolas Poussin reproduit l'épisode au cours duquel des bergers d'Arcadie, en Grèce, lisent sur la tombe d'un poète une inscription mentionnant que la mort existe aussi dans cette province, supposée être un paradis sur terre.

Cette médaille d'or représente Louis XIV de profil.

Un passionné de peinture

Surintendants, ambassadeurs et marchands ont pour mission de satisfaire la curiosité insatiable de Louis XIV. Des collections sont parfois acquises en leur entier, comme celle du banquier Jabach. Des œuvres sont offertes au roi comme cadeaux diplomatiques ou lui sont léguées par des particuliers. Les œuvres des maîtres italiens, tels Raphaël, Guido Reni ou Annibal Carrache, forment le cœur des collections royales. Le Hollandais Rembrandt ou le Français Nicolas Poussin ont aussi la faveur du roi. Il apprécie également beaucoup les dessins italiens, allemands ou flamands de la Renaissance. Attiré par l'Orient, il acquiert des manuscrits perses ou des estampes chinoises.

Par amour de l'Antiquité

La Rome impériale représente aux yeux de l'homme cultivé du XVIIe siècle la civilisation la plus achevée. À l'instar de ses contemporains, Louis XIV fait compléter les parties manquantes des statues antiques mutilées par les plus grands artistes du temps, comme Girardon. Les salons des Tuileries, de Versailles ou de Marly, mais aussi les jardins royaux s'ennoblissent de marbres de déesses et de héros dont s'inspirent à leur tour les pensionnaires des académies.

Une orfèvrerie exubérante

Dans ses *cabinets*, Louis XIV amasse vases et coupes en cristal de roche, en sardoine ou en jade, montés sur or émaillé serti de perles et de rubis... Il collectionne aussi les médailles et pierres gravées, relatant des scènes d'histoire antique ou moderne. Le goût baroque pour les pierres et matières précieuses s'exprime dans la réalisation d'« objets de vertu ». Parmi les œuvres majeures disparues, il faut évoquer la vaisselle d'or et le mobilier en argent massif de Versailles que Louis XIV envoie en 1689 fondre à la Monnaie pour contribuer aux frais de la guerre.

Un mobilier d'apparat

Quel art plus représentatif du règne de Louis XIV que le mobilier d'André-Charles Boulle ? Recommandé au roi en 1672 par Colbert comme étant dans son métier « le plus habile de Paris », Boulle obtient son brevet de premier ébéniste, « architecte, peintre, sculpteur en mosaïque, graveur, ciseleur, marqueteur et inventeur de chiffres ». Boulle perfectionne l'art de la marqueterie et de l'incrustation. Ses bureaux, armoires, régulateurs, sièges et commodes se reconnaissent immédiatement par l'usage de motifs de cuivre et d'écaille incrustés dans des panneaux d'ébène. Les marqueteries de bois exotiques et les ornements en bronze doré achèvent de composer un magnifique décor.

Rarement pièce de mobilier a paru aussi royale avec son corps monumental d'ébène, enrichi de marqueterie d'écaille, de bois précieux, de bronze doré et de laiton. L'ébéniste Boulle a créé un style décoratif dont la noblesse répond parfaitement aux pompes de la cour de Louis XIV.

Cabinets :

petits salons privés.

L'« honnête homme »

Outre le respect à l'égard de la religion, le sens de l'honneur et la politesse, l'honnête homme au XVIIe siècle pratique les arts et les sciences qui embellissent l'esprit.

Une littérature foisonnante

La pratique de la musique de chambre profane se répand sous le règne de Louis XIV. À la Cour comme dans les classes aisées, on aime ces réunions intimes pour lesquelles les musiciens composent de nombreuses œuvres.

Sous Louis XIV, les auteurs de fables, les philosophes et les penseurs s'épanouissent. Blaise Pascal rappelle l'importance des préoccupations religieuses dans ses *Pensées*. En 1664, François de La Rochefoucauld décortique de façon très moderne la psychologie de l'individu dans ses *Maximes*, comme La Bruyère dans ses *Caractères*. Madame de La Fayette décrit le conflit entre morale et sentiment amoureux dans *La Princesse de Clèves*. Dans son *Art poétique*, Nicolas Boileau établit les exigences de rigueur et de clarté nécessaires à tout travail intellectuel. Jean de La Fontaine publie entre 1671 et 1694 ses fameuses *Fables* inspirées du fabuliste grec Ésope, qui sont autant de critiques sur les mœurs du temps.

L'œuvre théâtrale de Jean-Baptiste Poquelin, dit Molière (1622-1673), va traverser les siècles. En effet sa peinture du temps de Louis XIV reste d'actualité pour moquer les travers de la société.

Molière impose son théâtre

Après des débuts difficiles, Jean-Baptiste Poquelin, dit Molière, bénéficie de la protection de Monsieur puis de Louis XIV lui-même. Ses comédies qui dénoncent les travers des hommes et les absurdités de la société tiennent à la fois du théâtre italien dans *Les Fourberies de Scapin*, de la comédie de mœurs dans *Les Femmes savantes* comme de la tragédie dans *Tartuffe*. Molière s'associe à Lully pour monter des comédies avec ballets : *Le Bourgeois gentilhomme*. En 1680, Louis XIV réunit la troupe de Molière et celle de l'hôtel de Bourgogne pour fonder la Comédie-Française. Jean Racine rencontre le succès avec ses tragédies *Andromaque* puis *Britannicus* et *Phèdre*. Pour les demoiselles de Saint-Cyr, il écrit *Esther* et *Athalie*, trésors de la langue française par la concision de l'écriture et l'intensité des sentiments.

Durant tout l'Ancien Régime, *Les Fables* de La Fontaine seront illustrées par les plus grands artistes et serviront de motifs à la décoration de tapisseries, de porcelaines et autres objets d'art.

Devant le pavillon de l'Observatoire de Paris, le ministre Colbert présente à Louis XIV les tout nouveaux membres de l'Académie royale des sciences dont les travaux vont contribuer au rayonnement de la France.

La musique se diversifie

Les Académies de Danse (1661) et de Musique (1669) régissent la vie musicale. Le roi accorde à Lully en 1672 le monopole du théâtre en musique. La Musique du roi – la Chapelle, la Chambre et les Écuries – regroupe les musiciens chargés des célébrations et spectacles de la Cour, avec force cuivres. On joue du clavecin, de l'orgue, du luth et de la viole de gambe. Le violon et des instruments d'origine populaire comme la guitare et la musette connaissent un véritable engouement. Marc-Antoine Charpentier, Richard Delalande et François Couperin écrivent de remarquables pages de musique sacrée. De cette époque datent des chansons populaires comme *À la claire fontaine* ou *Jeanneton prend sa faucille*.

L'essor scientifique français

Avec la fondation de l'Académie des sciences en 1666, Louis XIV dote la France d'une assemblée dont le *Journal des Savants* fait connaître les travaux dans toute l'Europe. Le roi attribue des pensions à des savants étrangers comme le physicien et astronome hollandais Charles Huygens. Colbert dote la fondation en 1667 de l'Observatoire royal de Paris. Le bâtiment est construit par Claude Perrault et modifié par l'astronome Cassini qui y établit la méridienne de France : elle permet la mesure de la Terre et le chiffrage exact des *longitudes*.

La religion au cœur de la société

Le Grand Siècle est une époque d'intense vie spirituelle. La foi catholique imprègne le quotidien du roi mais écarte impitoyablement ce qui contrarie la religion d'État.

Jacques Bénigne Bossuet, évêque de Meaux, est ici portraituré dans toute la pompe d'un prince de l'Église catholique romaine. Il soutient le roi dans sa lutte contre les protestants mais son nom reste aujourd'hui attaché principalement à ses *Oraisons funèbres*, chef-d'œuvre de la littérature classique.

Le roi Très-Chrétien

Oint du Seigneur lors de son sacre à Reims le 7 juin 1654, Louis XIV détient son pouvoir de droit divin. D'une foi profonde, il prie matin et soir, assiste à l'office chaque jour et ne manque jamais de faire exécuter des *Te Deum* pour remercier Dieu d'une victoire militaire. Ses confesseurs successifs, tous jésuites, exercent sur lui une profonde influence. L'un d'eux, le père de La Chaise, possède une propriété à l'est de Paris, qui deviendra au XIXᵉ siècle le cimetière du Père-Lachaise... « Défenseur de la Chrétienté », le roi de France est le protecteur des chrétiens de toute nationalité résidant au Moyen-Orient ; il contribue à la défaite des Turcs en Hongrie et encourage les Missions étrangères à propager la foi en Asie.

De nombreux ecclésiastiques

Le roi a le droit de nommer les évêques de son choix ; grâce à lui, la naissance ne représente plus un obstacle pour devenir prince de l'Église. Vers 1660, on compte 266 000 ecclésiastiques, soit plus de 10 % de la population, dont au moins 180 000 moines et religieuses ! De nombreux ordres charitables apparaissent, dont la vocation est majoritairement de soigner et d'instruire les pauvres. Pèlerinages et processions, lectures pieuses, missions et retraites spirituelles structurent la vie spirituelle. Les prêches de carême de Massillon et Bourdaloue ou les *Oraisons funèbres* de Bossuet restent des morceaux d'éloquence sacrée.

Le rituel du sacre à la cathédrale Notre-Dame de Reims est immuable. Le couronnement fait de Louis XIV pour ses sujets le représentant de Dieu sur terre.

Les jansénistes

Un mouvement religieux catholique, le jansénisme, prône le renoncement par humilité aux sacrements de pénitence et de l'Eucharistie ; il enseigne la croyance en la prédestination. Cette foi rigoureuse séduit une partie des élites. Le cercle royal voit dans cette acclimatation de certains principes du protestantisme une atteinte à l'unité de la foi et à la cohésion nationale. Débutées en 1661, les hostilités se poursuivent par la relégation en 1679 des religieuses de l'abbaye de Port-Royal de Paris, foyer de la contestation, dans leur couvent de Port-Royal des Champs, près de Versailles. Celui-ci est finalement rasé en 1709 et les sœurs expulsées.

Cet *ex-voto*, peinture exécutée en remerciement d'une guérison déclarée miraculeuse, représente deux religieuses revêtues de l'habit des sœurs de Port-Royal.

Les protestants

Allégorie du triomphe de la foi catholique sur les hérésies et les païens grâce à l'action de Louis XIV.

Collusion :
entente secrète pour porter préjudice.

En 1680, le pouvoir tente de convertir par la force les protestants du Sud-Ouest ; ce sont les « dragonnades ». En 1685, l'édit de Nantes est révoqué. La RPR, « religion prétendument réformée », qui compte au moins 1 million de croyants, majoritairement au sud de la Loire, est accusée d'hérésie et de *collusion* avec les nations protestantes. L'annulation de leur charte des libertés entraîne environ 200 000 d'entre eux, des intellectuels et une grande partie de l'élite commerçante, à se réfugier en Angleterre, en Hollande et jusqu'en Prusse, où ils sont connus sous le nom de « huguenots ». Des expéditions punitives dans les Cévennes et le bas Languedoc provoquent entre 1702 et 1705 l'insurrection des camisards, mouvement populaire et paysan.

Le décor et son envers

En 1694, Fénelon alerte le roi : « Vos peuples meurent de faim... La France entière n'est plus qu'un grand hôpital désolé et sans provisions. »

La dure vie aux champs

On appelle manants les paysans. Ils forment 90 % de la population, dont l'existence est souvent ingrate. Tous se retrouvent dans les fêtes religieuses ou liées aux travaux des saisons. Le pain et une soupe de racines font l'ordinaire, agrémentés parfois d'une viande ou d'un brouet sucré. Beurre et œufs restent du luxe. Vin, cidre et spiritueux se consomment en abondance. Des révoltes éclatent parfois contre les charges fiscales et les privilèges seigneuriaux. La dernière grande révolte paysanne, dite « des bonnets rouges », se déroule en Bretagne en 1675, contre de nouvelles taxes sur le tabac, le papier timbré et la vaisselle d'étain. La répression va jusqu'à la condamnation aux galères.

Les dangers des villes

Avec 500 000 habitants environ, Paris est la ville la plus peuplée d'Europe. La lieutenance de police lutte contre la truanderie organisée et les mauvaises habitudes comme vider son pot de chambre par la fenêtre ! Le guet veille à la sécurité nocturne ; désormais 5 532 lanternes éclairent les rues et les quais.

Le luxe et la misère se côtoient facilement, réunis dans une insalubrité qui provoque de graves épidémies. Pour les ouvriers et artisans, les guildes et confréries veillent à encadrer leur travail mais les jours chômés sont nombreux. L'hôpital général pour les pauvres, ou croquants, est institué ; celui de Paris, la Salpêtrière, est même bâti par les architectes du roi sous forme d'un vaste palais pour cacher la misère !

Le royaume est vaste et la condition paysanne d'autant plus contrastée. Le point commun reste la dureté du travail et la précarité de l'existence.

La fabrique de cartes à jouer, installée dans une maison de la place Dauphine à Paris, n'a pas de soucis à se faire pour vendre sa production tant la passion du jeu est commune à toutes les classes de la société en dépit des remontrances de l'Église et de la police.

Les embellissements des villes

De grands travaux sont entrepris dans la capitale. On élève des quais le long de la Seine ; le Pont-Royal en pierre remplace un pont de bois. On transforme les anciens boulevards en promenades plantées sur lesquelles s'élèvent sous forme d'arc de triomphe les portes Saint-Denis et Saint-Martin. Les places des Victoires et Louis-le-

Grand (Vendôme) sont aménagées. De riches hôtels « entre cour et jardin » s'élèvent dans les quartiers du faubourg Saint-Honoré et du faubourg Saint-Germain, ainsi que dans l'île Saint-Louis. Les églises Saint-Roch et Saint-Sulpice évoquent l'architecture romaine. Dans les douze capitales régionales, qui possèdent un parlement, comme Aix-en-Provence, Bordeaux ou Dijon, la noblesse et la riche bourgeoisie se construisent de belles demeures.

Places et statues équestres

Les monuments équestres et leur ordonnancement urbain participent d'une grande entreprise de propagande monarchique financée par les villes et les régions. Une vingtaine de projets sont ébauchés dont huit sont finalement exécutés à Rennes, Paris, Versailles, Dijon, Lyon, Montpellier. La plupart ont été fondues à la Révolution sous forme de boulets de canon ! Le modèle français va inspirer l'Europe entière : des statues équestres de souverains sont toujours visibles à Saint-Pétersbourg, Berlin ou Stockholm.

Une fin de règne difficile

De toutes parts l'autorité du roi est contestée. Échecs militaires, deuils et problèmes de succession affectent le moral de Louis XIV. Bientôt, on parie sur la date de sa mort.

La difficile succession espagnole

En Europe, les famines scandent la vie des sociétés jusqu'au XIXᵉ siècle. Celle de 1710, véritable traumatisme, provoque de nombreuses morts d'hommes. Le roi fait distribuer du pain cuit dans des fours installés au Louvre afin de tenter de soulager les habitants de Paris.

Peu avant sa mort, Charles II d'Espagne, sans héritier direct, offre sa couronne à Philippe, duc d'Anjou, petit-fils de Louis XIV. C'est sans compter sur les jalousies de l'Autriche, l'Angleterre et la Hollande, qui s'allient en 1702. Les premières victoires françaises sont suivies de désastres militaires. Le prince Eugène de Savoie et le duc de Marlborough, celui de la fameuse chanson *Malbrouk s'en va-t'en guerre*, se révèlent de brillants stratèges. En 1712, le triomphe du maré-

chal de Villars à Denain aboutit à la paix d'Utrecht (1713) et au traité de Rastatt (1714). La France conserve ses conquêtes : l'Alsace, l'Artois, la Flandre, la Franche-Comté, la Cerdagne et le Roussillon.

Des temps de famine

Le grand froid de l'hiver 1710 — on dit que l'eau gelait même sur la table du roi — puis les famines dues aux mauvaises récoltes entraînent la mort de 800 000 personnes. Le transfert de nourriture entre régions s'effectue sous le contrôle des intendants tandis que Jean Bart et d'autres corsaires arraisonnent des navires céréaliers ennemis.

Philippe, duc d'Anjou puis roi d'Espagne, va réussir en dépit de nombreuses guerres à fonder de façon durable la dynastie des Bourbons d'Espagne, toujours sur le trône aujourd'hui.

Une fin édifiante

Au début août 1715, le roi chasse à Marly mais, très fatigué, décide de rentrer à Versailles. Le corps médical déclare que le roi souffre d'une sciatique alors que sa jambe commence à se gangrener. En dépit de ses souffrances, le roi ne change en rien son emploi du temps, boit du quinquina et du lait d'ânesse en guise de médicaments et se fait masser. La gangrène atteint la cuisse. L'agonie de Louis XIV est longue et douloureuse mais il a le temps de se préparer chrétiennement à la mort. Il s'éteint finalement le dimanche 1er septembre 1715. Le Parlement casse immédiatement le testament de Louis XIV au seul profit du duc d'Orléans qui devient Régent.

Philippe d'Orléans a failli être écarté de la Régence par son oncle Louis XIV. Il exercera finalement un pouvoir intérimaire mais efficace pour restaurer la puissance de la France.

Qui sera l'héritier ?

On est saisi par la véracité de ce profil de Louis XIV modelé dans de la cire, exécuté à la veille de la mort du grand roi. La perruque a véritablement été portée par Louis XIV.

Entre 1711 et 1712, Louis XIV doit affronter la disparition de ses descendants : le Grand Dauphin meurt de la variole, le duc de Bourgogne, puis le duc de Bretagne, succombent à la rougeole. La rumeur publique accuse le duc d'Orléans, neveu du roi, de les avoir empoisonnés ! La succession en droite ligne ne repose plus que sur le dernier arrière-petit-fils, Louis, duc d'Anjou, futur Louis XV. Louis XIV est si préoccupé par l'avenir de la dynastie qu'il déclare aptes à lui succéder, en cas d'extinction d'héritier en ligne directe, le duc du Maine et le comte de Toulouse, princes légitimés. De fait il écarte les princes du sang, Orléans, Condé et Conti !

Le mythe et la légende

Louis XIV et les fastes de son règne ont marqué l'histoire de France mais également l'imaginaire collectif. Quels sont les influences et l'héritage de cet incroyable Grand Siècle ?

La légende noire

Ébloui par sa visite en France, Pierre Ier de Russie fait bâtir le château de Peterhof non loin de sa capitale Saint-Pétersbourg. La grande cascade devant la façade côté jardin s'inspire des fontaines du château de Marly.

La difficile fin de règne de Louis XIV occulte l'ensemble de son œuvre. Les écrits de contemporains comme Bussy-Rabutin et Fénelon, les *Mémoires* du duc de Saint-Simon, rédigées après la mort de Louis XIV qu'il déteste, vont façonner une mauvaise image du roi et de sa politique. Critiques mais plus sensibles, les lettres de la marquise de Sévigné à sa fille la marquise de Grignan restent de précieux témoignages sur la vie à la Cour. En 1751, Voltaire publie *Le Siècle de Louis XIV* où il réhabilite le souverain, le comparant même aux plus grands de l'Antiquité. Mais au XIXe siècle, des historiens comme Jules Michelet et Ernest Lavisse dressent un bilan sévère.

L'influence française en Europe

Jusqu'à la Révolution française, les monarchies de l'Europe entière vont s'inspirer de Louis XIV, comme souverain absolu s'appuyant sur une administration centralisatrice. Durant tout le XVIIIe siècle, la France s'impose culturellement grâce à la renommée de ses intellectuels, à la diffusion de sa langue dans les cours et chancelleries, à la beauté et la qualité de ses œuvres d'art. Le château de Versailles sert de référence absolue : Pierre Ier de Russie bâtit Peterhof aux portes de Saint-Pétersbourg, Marie-Thérèse d'Autriche réside à Schönbrunn près de Vienne, Charles III, roi des Deux-Siciles, tient ses quartiers d'été à Caserte non loin de Naples...

Pièce maîtresse de la peinture du temps de Louis XIV, cette *Entrée d'Alexandre dans Babylone* fait partie d'un cycle à la gloire du jeune conquérant de l'Antiquité et, à travers lui, à celle de Louis XIV, monarque glorieux et protecteur des arts.

Une copie de Versailles en Bavière

À partir de 1878, le roi Louis II de Bavière décide de bâtir la copie exacte de Versailles à Herrenchiemsee, sur une île au milieu d'un lac. Mais le temps lui manque : seul le corps central dans lequel la galerie des Glaces mesure 80 m de long, soit 5 m de plus que l'original, est érigé ! Le roi n'y passera finalement que 10 jours, seul... Son château renferme la copie de l'escalier dit « des Ambassadeurs », détruit sous Louis XV. À la même époque, ce plan inspire aussi le dessin des escaliers d'honneur de palais à Vienne, Paris et Bruxelles tant il est symbole de prestige.

Une notoriété internationale

Certains travaux récents nous donnent aujourd'hui une idée plus juste du règne de Louis XIV. Tout en continuant à véhiculer certaines idées toutes faites, le cinéma a contribué à renouveler l'image de Louis XIV et de son règne, notamment le film tourné en 1966 par Roberto Rossellini, *La Prise de pouvoir par Louis XIV*.

Au vu des trois millions de visiteurs annuels du château de Versailles, il semblerait que la cote de popularité du Roi-Soleil soit de nouveau au plus haut.

Dans le film *Le Roi danse* (2000), l'acteur Benoît Magimel incarne le jeune Louis XIV qui danse le ballet devant sa cour à Versailles. La danse est pour le roi une école de discipline et un instrument de pouvoir.

La dynastie du Roi-Soleil

Louis XIII,
Roi de France
(1601-1643)

Louis XIV,
Roi de France
(1638-1715)

Marie-Thérèse d'Autriche
(1638-1683)

**Duchesse
de La Vallière**
(1644-1710)

Anne-Élisabeth (1662)
Marie-Anne (1664)
Marie-Thérèse (1667-1672)
Philippe, duc d'Anjou (1666-1671)
Louis-François, duc d'Anjou (1672)

Louis (1663-1666)
Louis,
comte de Vermandois
(1667-1683)
Marie-Anne,
Mlle de Blois
(1666-1739)

Louis,
Grand Dauphin
(1661-1711)

Philippe, duc d'Anjou
puis roi d'Espagne (1683 - 1746)
Charles, duc de Berry
(1686-1714)

Louis,
duc de Bourgogne,
père du futur Louis XV
(1682-1712)

Anne d'Autriche
(1601-1666)

**Marquise
de Montespan**
(1640-1707)

**Marquise
de Maintenon**
(1635-1719)

Philippe II,
duc d'Orléans
(1640-1701)

**Maison
de Bourbon-Orléans**

Louis-Auguste,
duc du Maine (1670-1736)

Louis-César,
comte du Vexin (1672-1683)

Louis-Alexandre,
comte de Toulouse (1678-1737)

Louise-Françoise,
Mlle de Nantes (1673-1743)

Louise-Marie,
Mlle de Tours (?-1681)

François-Marie (1677-1749)

Philippe III,
duc de Chartres
puis d'Orléans
(1674-1723)

Table des illustrations

Couverture : Rigaud Hyacinthe (1659-1743), *Louis XIV, roi de France*, huile sur toile, Paris, musée du Louvre : © RMN/H. Lewandowski ; Patel Pierre, *Vue du château et des jardins de Versailles, prise de l'avenue de Paris, 1668*, huile sur toile, Versailles, châteaux de Versailles et Trianon : © photothèque Hachette ; Sylvestre Israël, *Louis XIV en empereur romain commandant la première quadrille au Carrousel de 1662*, 1670, gravure enluminée extraite de « Courses de testes et de bague faites par le Roy et par les princes et seigneurs de sa cour en l'année M.DC.LXII », Paris, BNF : © photothèque Hachette.

Page de garde : *Vue du château et des jardins de Versailles, prise de l'avenue de Paris*, couverture.

Page de titre : *Louis XIV, roi de France*, couverture ; *Le Soleil*, médaille, Paris, BNF : © photothèque Hachette.

P. 2-3 : Anonyme, *Anne d'Autriche, reine de France et Louis de France, dauphin*, détail, xviiᵉ siècle, huile sur toile, Versailles, châteaux de Versailles et Trianon : © photothèque Hachette ; *Louis XIV, jeune, à cheval*, détail, 1650, huile sur toile, Versailles, châteaux de Versailles et Trianon : © photothèque Hachette ; Le Brun Charles (1619-1690), *Louis XIV*, 1665, pastel, Paris, musée du Louvre : © RMN/J.-G. Berizzi ; Jean Varin, *Louis XIV*, médaille d'or gravée, face, Paris, BNF : © photothèque Hachette ; Anonyme, *Louis XIV en Apollon, ballet « La nuit »*, détail, gravure, xviiᵉ siècle, Paris, BNF : © RMN/Bulloz ; Antoine Benoist (1638-1717), *Louis XIV à 68 ans*, cire, Versailles, châteaux de Versailles et Trianon : © photothèque Hachette.

P. 4-5 : Vouet Simon (1590-1649), *Louis XIII entre deux figures de femmes symbolisant la France et la Navarre*, détail, huile sur toile, Paris, musée du Louvre : © RMN/D. Arnaudet, G. Blot ; Champaigne Philippe de (1602-1674), *Le Vœu de Louis XIII*, 1638, huile sur toile, Caen, musée des Beaux-Arts : © Giraudon / Bridgeman Art Library ; Sarazin Jacques (attr.), *Louis XIV à l'âge de 5 ans*, bronze, Paris, musée du Louvre : © musée du Louvre/P. Philibert ; *Louis XIV et la dame Longuet de la Giraudière*, huile sur toile, xviiᵉ siècle, Versailles, châteaux de Versailles et Trianon : © photothèque Hachette ; Anonyme, *Anne d'Autriche, reine de France et Louis de France, dauphin*, p. 2 ; Champaigne Philippe de, *Le Cardinal Mazarin*, huile sur toile, Chantilly, musée Condé : © RMN/H. Bréjat.

P. 6-7 : Coysevox Antoine (1640-1720), *Louis II de Bourbon, « le grand Condé » (1621-1686)*, bronze, Paris, musée du Louvre : © Musée du Louvre/P. Philibert ; Bourguignon Pierre (1630-1698), *Anne-Marie-Louise d'Orléans, duchesse de Montpensier (1627-1693), représentée en Minerve, protectrice des Arts et présentant le portrait en médaillon de son père Gaston de France, duc d'Orléans*, huile sur toile, 1672, Versailles, châteaux de Versailles et Trianon : © RMN/G. Blot, C. Jean ; *Louis XIV, jeune, à cheval*, p. 2 ; Anonyme, *Épisode de la Fronde en 1648-1652, combat de deux cavaliers, faubourg Saint-Antoine sous les murs de la contre-escarpe de la Bastille*, xviiᵉ siècle, huile sur toile, Versailles, châteaux de Versailles et Trianon : © RMN/Droits réservés.

P. 8-9 : Boudan Louis, *Louis XIV vers 1660*, gouache, xviiᵉ siècle, Paris, BNF : © photothèque Hachette ; Champaigne Philippe de, d'après Lallemant Philippe (1636-1716), *Guillaume de Lamoignon, marquis de Basville (1617-1677), premier président au parlement de Paris*, huile sur toile, Versailles, châteaux de Versailles et Trianon : © RMN/G. Blot ; Le Vau Louis, château de Vaux-Le-Vicomte, xviiᵉ siècle, Vaux-Le-Vicomte : © Erich Lessing ; Anonyme, *Le Mérite récompensé par Louis Le Grand dans la distribution des dignités de l'Église et des charges de l'État*, 1696, burin et eau-forte, coll. Rothschild, Paris, musée du Louvre : © RMN/J.-G. Berizzi.

P. 10-11 : *Autographe de Louis XIV* : © photothèque Hachette ; *Louis XIV tenant séance du Grand Conseil et de la cour d'appel en 1672*, huile sur toile, 1672, Versailles, châteaux de Versailles et Trianon : © photothèque

Hachette ; Vans Schuppen Pieter Louis (1627-1702), *François-Michel Le Tellier (1641-1691), marquis de Louvois, secrétaire d'État pour la Guerre, intendant général des Postes, surintendant des Bâtiments civils, Arts et Manufactures*, gravure, Versailles, châteaux de Versailles et Trianon : © RMN/G. Blot ; Coysevox Antoine, *Jean-Baptiste Colbert (1619-1683)*, Paris, musée du Louvre : © Musée du Louvre / P. Philibert ; Anonyme, *Le Versement de l'impôt*, école française, 1709, gravure : © Lauros-Giraudon/Bridgeman Art Library.

P. 12-13 : *Louis XIV visite la manufacture des Gobelins, 15 octobre 1667*, tenture de l'histoire du roi commandée par Louis XIV, xviiᵉ siècle, Versailles, châteaux de Versailles et Trianon : © photothèque Hachette ; Massé Jean-Baptiste (1687-1767), recueil : *La Grande Galerie de Versailles* – pl. 16 : « Jonction des deux mers 1667 », gravure ; Versailles, châteaux de Versailles et Trianon : © RMN/G. Blot ; Anonyme, *Vue des magasins de la Compagnie des Indes à Pondichéry, de l'Amirauté et de la maison du gouverneur*, dessin, Paris, musée du quai Branly : © RMN/G. Blot ; Reinicke Peter (1715-1738 ; d'après), *L'Amérique assise sur un alligator, symbole de la Louisiane*, statuette en porcelaine de Saxe, Blérancourt, musée de la Coopération : © RMN/G. Blot.

P. 14-15 : D'après le carton peint par Claude Ballin, d'après Charles Le Brun et Van der Meulen Adam Frans (1632-1690), *Entrée de Louis XIV à Dunkerque le 2 décembre 1662*, tapisserie des Gobelins, série « Histoire du Roi », Versailles, châteaux de Versailles et Trianon : © photothèque Hachette ; Le Brun Charles, *Henri de La Tour d'Auvergne, vicomte de Turenne (1611-1675), maréchal de France en 1643*, 1663, huile sur toile, Versailles, châteaux de Versailles et Trianon : © RMN/G. Blot ; La Rose Jean-Baptiste de, l'Ancien, (1612-1687), *Le Marquis de Seignelay et le duc de Vivonne, visitant la galère « Réale » en construction à l'arsenal de Marseille en 1679*, huile sur toile, Versailles, châteaux de Versailles et Trianon : © RMN/G. Blot ; Martin Pierre-Denis le Jeune (1663-1742), *Inauguration de l'église de l'Hôtel des Invalides par Louis XIV le 28 août 1706*, huile sur toile, Paris musée Carnavalet : © photothèque Hachette.

P. 16-17 : Van den Bogaert Martin, dit Desjardins (1637-1694), *Paix de Nimègue (1679)*, monument de la place des Victoires représentant les nations vaincues, détail, Captif dit l'Espagne ; bronze autrefois doré ; Paris, musée du Louvre/P. Philibert ; Coypel Antoine (1661-1722), *Allégorie à la gloire de Louis XIV (allusion à la Trêve de Ratisbonne signée le 15 août 1684)*, vers 1684, huile sur toile, Versailles, châteaux de Versailles et Trianon : © RMN/H. Lewandowski ; Van der Meulen Adam Frans, *Le Passage du Rhin, 12 juin 1672*, huile sur toile, Versailles, châteaux de Versailles et Trianon : © photothèque Hachette.

P. 18-19 : Gobert Pierre (1662-1744), *Femme en costume de bal*, huile sur toile, Paris, musée Carnavalet : © photothèque Hachette ; *Louis XIV en empereur romain commandant la première quadrille au Carrousel de 1662*, couverture ; *Louis XIV en Apollon*, p. 3 ; Le Pautre Jean (1618-1682), pl. 3 : *Louis XIV entrant dans la salle du festin élevé, La Fête « le grand divertissement royal » donné par Louis XIV à Versailles le 18 juillet 1668*, gravure, Versailles, châteaux de Versailles et Trianon : © RMN/G. Blot. ; Coypel Antoine, *Louis XIV reçoit les envoyés de la Perse (Méhémet Riza Bey) dans la galerie des Glaces le 19 février 1715*, 1715, huile sur toile, châteaux de Versailles et Trianon : © photothèque Hachette.

P. 20-21 : Van der Meulen Adam Frans d'après Le Brun Charles, *Louis XIV reçoit au Louvre les ambassadeurs des treize cantons suisses le 11 novembre 1663*, huile sur toile, Versailles, châteaux de Versailles et Trianon : © photothèque Hachette. Anonyme, *Louis le Grand, l'amour et les délices de son peuple*, gravure, Paris, musée du Louvre. Rothschild : © RMN/M. Bellot ; Desportes François (1661-1743), *Diane et Blonde*, huile sur toile, Paris, musée du Louvre : © RMN/D. Arnaudet.

P. 22-23 : *Allégorie du mariage de Louis XIV avec Anne d'Autriche en 1661,* huile sur toile, XVIIᵉ siècle, Versailles, châteaux de Versailles et Trianon : © photothèque Hachette ; *Louis XIV*, p. 2 ; Mignard Pierre (1612-1695 ; d'après), *Louise de La Baume Le Blanc, duchesse de La Vallière et ses enfants*, huile sur toile, Versailles, châteaux de Versailles et Trianon : © RMN/Droits réservés ; La Fosse Charles de (1636-1716), *La Marquise de Montespan entourée de ses premiers enfants légitimés en 1677*, huile sur toile, Versailles, châteaux de Versailles et Trianon : © RMN/G. Blot ; Larmessin Nicolas III de (vers 1640-1725), *Marie-Angélique d'Escorailles de Rousille, duchesse de Fontanges*, gravure, Versailles, châteaux de Versailles et Trianon : © RMN/G. Blot ; Elle Louis (1648-1717), *Françoise d'Aubigné, marquise de Maintenon avec sa nièce Françoise-Amable d'Aubigné*, huile sur toile, 1688, Versailles, châteaux de Versailles et Trianon : © RMN/G. Blot.

P. 24-25 : Rigaud Hyacinthe, *Élisabeth Charlotte de Bavière, princesse Palatine, duchesse d'Orléans*, détail, huile sur toile, 1713, Versailles, châteaux de Versailles et Trianon : © RMN/G. Blot, C. Jean ; Mathieu Antoine le Père (1631-1673 ; attr.), *Philippe de France, duc d'Orléans, « Monsieur » frère de Louis XIV*, huile sur toile, Versailles, châteaux de Versailles et Trianon : © RMN/G. Blot ; Mignard Pierre, *La famille de Louis de France, fils de Louis XIV, dit le « Grand Dauphin » en 1687*, huile sur toile, Versailles, châteaux de Versailles et Trianon : © RMN/G. Blot, C. Jean ; Rigaud Hyacinthe, *Louis de France, duc de Bourgogne*, détail, Versailles, châteaux de Versailles et Trianon : © RMN/J. Popovitch ; Nocret Jean (1617-1672), *La Famille de Louis XIV représentée en travestis mythologiques*, huile sur toile, Versailles, châteaux de Versailles et Trianon : © RMN/Droits réservés.

P. 26-27 : *La Galerie d'Apollon*, Paris, musée du Louvre : © musée du Louvre/E. Revault ; Le Clerc Sébastien (1637-1714), *Représentation des machines qui ont servi à élever les deux grandes pierres qui couvrent le fronton de la principale entrée du Louvre*, tirage moderne eau-forte et burin, 1677, Paris, musée du Louvre : © RMN/T. Le Mage ; *Carrousel donné par Louis XIV dans la cour du palais des Tuileries le 5 juin 1662*, huile sur toile, XVIIᵉ siècle, Versailles, châteaux de Versailles et Trianon : © photothèque Hachette ; Martin Pierre Denis le Jeune, *Vue générale du château de Marly vers 1724*, huile sur toile, 1724, Versailles, châteaux de Versailles et Trianon : © photothèque Hachette ; *Louis XIV*, école de Rigaud Hyacinthe, huile sur toile, Versailles, châteaux de Versailles et Trianon : © photothèque Hachette.

P. 28-29 : *Vue du château et des jardins de Versailles, prise de l'avenue de Paris*, couverture ; *La galerie des glaces*, Versailles, châteaux de Versailles et Trianon : © RMN/J. Derenne ; Pesey Antoine, *Louis XIV reçoit le serment du marquis de Dangeau, grand maître des ordres de Notre-Dame-du-Mont-Carmel et de St-Lazare le 18 décembre 1695, dans la chapelle du château de Versailles*, huile sur toile, XVIIᵉ siècle, Versailles, châteaux de Versailles et Trianon : © photothèque Hachette ; Martin Jean-Baptiste le Vieux (1659-1735), *Les écuries, vue du château, prise de la cour de marbre*, huile sur toile, Versailles, châteaux de Versailles et Trianon : © RMN/D. Arnaudet, H. Lewandowski.

P. 30-31 : Masson Antoine (1636-1700), *André Le Nôtre (1613-1700), contrôleur général des Bâtiments du Roi, Arts et Manufactures*, burin, 1692, Chantilly, musée de Condé : © RMN/H. Bréjat ; Martin Jean-Baptiste le Vieux (1659-1735 ; attr.), *Vue de l'Orangerie, des escaliers des Cent-Marches et du château de Versailles vers 1695*, huile sur toile, Versailles, châteaux de Versailles et Trianon : © RMN/F. Raux ; Martin Pierre Denis, *La Machine de l'aqueduc de Marly*, huile sur toile, Versailles, châteaux de Versailles et Trianon : © RMN/Droits réservés.

P. 32-33 : *Louis XIV, roi de France*, couverture ; Puget Pierre (1620-1694), *Milon de Crotone*, marbre de Carrare, 1671-1682, Paris, musée du Louvre : © musée du Louvre/E. Revault ; Garnier Jean (1632-1705), *Allégorie à Louis XIV, protecteur des Arts et des Sciences*, huile sur toile, Versailles, châteaux de Versailles et Trianon : © RMN/D. Arnaudet, H. Lewandowski ; Largillière Nicolas de (1656-1746), *Charles Le Brun, premier peintre du roi*, huile sur toile, Paris, musée du Louvre : © RMN/R.-G. Ojéda ; Coysevox Antoine, *Mercure monté sur Pégase*, marbre de Carrare, 1699-1702, Paris, musée du Louvre : © Musée du Louvre/P. Philibert.

P. 34-35 : Poussin Nicolas (1594-1665), *Les Bergers d'Arcadie* dit aussi « Et

in Arcadia Ego », huile sur toile, vers 1638-1640, Paris, musée du Louvre : © RMN/R.-G. Ojéda ; Médaille d'or gravée, p. 3 ; Delabarre Pierre (connu de 1625 à 1654), *Aiguière en sardoine et onyx en forme de calice, couvercle en buste de Minerve*, anse en forme de dragon, pierre antique, monture dorée et émaillée, Paris, musée du Louvre : © RMN/M. Beck-Coppola ; *Artémis à la biche*, dite « *Diane de Versailles* », œuvre romaine d'époque impériale (Iᵉʳ - IIᵉ siècle ap. J.-C.), marbre, Paris, musée du Louvre © photothèque Hachette ; Boulle André Charles (1642-1732 ; attr.), armoire, placage d'ébène et d'amarante, marqueterie de bois polychromes, de laiton, d'étain, d'écaille et de corne, bronze doré, Paris, musée du Louvre : © Erich Lessing.

P. 36-37 : Mignard Pierre, *Jean-Baptiste Poquelin dit Molière (1622-1673)*, huile sur toile, Versailles, châteaux de Versailles et Trianon : © RMN/D. Arnaudet, G. Blot ; J. B. Oudry, *Le Corbeau et le Renard*, « Les Fables de la Fontaine », 1783, gravure : © photothèque Hachette ; Testelin Henri (1616-1695), d'après Charles Le Brun, *Établissement de l'Académie des sciences et fondation de l'Observatoire à Paris en 1666, Louis XIV est entouré de savants que lui présente J.-B. Colbert*, huile sur toile, Versailles, châteaux de Versailles et Trianon : © photothèque Hachette.

P. 38-39 : Bouteiller Louise (1783-1828), *Jacques Bénigne Bossuet (1627-1704), évêque de Meaux*, huile sur toile, Versailles, châteaux de Versailles et Trianon : © RMN/D. Arnaudet, J. Schormans ; Le Pautre, *Sacre de Louis XIV à la cathédrale de Reims le 7 juin 1634*, gravure, Paris, BNF : © photothèque Hachette ; Le Brun Charles, *Le Triomphe de la Religion*, huile sur toile, Paris, musée du Louvre : © RMN/G. Blot ; Champaigne Philippe de, *La Mère Catherine Agnès Arnauld et la sœur Catherine de Sainte Suzanne*, ex-voto, 1662, huile sur toile, Paris, musée du Louvre : © photothèque Hachette.

P. 40-41 : Anonyme, « Paisant des environs de Paris », gravure en couleurs, Paris, musée Carnavalet : © RMN/Bulloz ; Anonyme, *Fabrique de cartes à jouer dans une maison de la place Dauphine à Paris*, gouache sur papier, 1680, Paris, musée Carnavalet : © photothèque Hachette ; Girardon François (1628-1715), *Louis XIV à cheval*, bronze, fondu à la cire perdue, 1692-1699, Paris, musée du Louvre : © musée du Louvre/P. Philibert ; *Vue du Pont-Neuf à Paris avec au second plan le Louvre et le collège des Quatre Nations*, 1680, huile sur toile, Paris, musée Carnavalet : © photothèque Hachette.

P. 42-43 : Rigaud Hyacinthe, *Philippe V, roi d'Espagne (1683-1746), représenté en 1700-1701 portant le costume espagnol*, huile sur toile, Versailles, châteaux de Versailles et Trianon : © RMN/G. Blot ; Anonyme, *Distribution du « pain du roi » au Louvre durant une période de famine* ; XVIIᵉ siècle, gravure en couleurs, Paris, BNF : © Giraudon / Bridgeman Art Library/Archives Charmet ; *Louis XIV à 68 ans*, p. 3 ; Anonyme, *Philippe, duc d'Orléans, Régent de France représenté dans son cabinet de travail avec son fils le duc de Chartres*, XVIIIᵉ siècle, huile sur toile, Versailles, châteaux de Versailles et Trianon : © RMN/G. Blot.

P. 44-45 : Le Brun Charles, *Entrée d'Alexandre le Grand dans Babylone ou le triomphe d'Alexandre*, huile sur toile, Paris, musée du Louvre : © RMN/D. Arnaudet, G. Blot ; Sadovnikov Vasili Semenovich (1800-1879), *Vue de la cascade de Marly des jardins du château de Peterhof*, aquarelle, 1830-1860, Petrodvorets, Saint-Pétersbourg, château de Peterhof : © Giraudon/Bridgeman Art Library ; Dollmann Georg von (1830-1895), *Escalier monumental du château de Herrenchiemsee, résidence construite pour Louis II de Bavière*, XIXᵉ siècle, château de Herrenchiemsee : © Erich Lessing ; Benoît Magimel dans « Le Roi danse », réal. Gérard Corbiau, 2000, © K-STAR/Arnaud Borrel.

P. 46-47 : Egmont Justus van, *Louis XIII, roi de France*, huile sur toile, XVIIᵉsiècle, Versailles, châteaux de Versailles et Trianon : © photothèque Hachette ; Rubens Peter Paul (1577-1640), *Anne d'Autriche, épouse de Louis XIII*, huile sur toile, 1622, Madrid, musée du Prado : © photothèque Hachette ; Mignard Pierre, *Marie-Thérèse d'Autriche et le Grand Dauphin*, détail, huile sur toile, Madrid, musée du Prado : © photothèque Hachette ; *Louis XIV*, couverture ; *La Duchesse de La Vallière*, p. 22 ; *La Marquise de Montespan*, p. 23 ; *Madame de Maintenon*, p. 23 ; *Philippe, « Monsieur », duc d'Orléans*, p. 24 ; *Philippe d'Orléans, Régent*, p. 43 ; *Louis, « Grand Dauphin »*, p. 24 ; *Louis, duc de Bourgogne*, p. 25.